Linda Mignani

Bittersüßer Schmerz

Plaisir d'Amour Verlag

Linda Mignani

Bittersüßer Schmerz

Erotischer Roman

Plaisir d'Amour Verlag
Postfach 11 68
D-64684 Lautertal
www.plaisirdamourbooks.com
info@plaisirdamourbooks.com

Umschlaggestaltung: Maria Horn
ISBN Taschenbuch: 978-3-86495-121-3
ISBN eBook: 978-3-86495-122-0

Kapitel 1

Tom starrte dem Wagen der Steuerprüferin hinterher, der die Einfahrt des *Federzirkels* mit Warpgeschwindigkeit entlangraste. Schmunzelnd schloss er die Haustür und ging zurück ins Arbeitszimmer, wo ihn die zerknirscht dreinschauenden Sullivanbrüder erwarteten. John, das Oberhaupt der Familie, grinste dennoch teuflisch. Er und sein jüngerer Brüder Dean waren mit ihren dunklen Haaren und den grauen Augen die Reinkarnation von *Black Irish.* Miles dagegen war so blond wie Tom, etwas älter als John und adoptiert. Doch John war der Fels in der Brandung. Er besaß diese gewisse Ausstrahlung, die ihnen bei ihrer Baufirma *In Love with Vintage* und ihrem BDSM-Club *Federzirkel* zugutekam. Die Subs warfen einen Blick auf ihn und erkannten sofort, dass er kein Schaumschläger war, stattdessen höchst gekonnt kleine Popos zu erhitzen vermochte. Eine Aura von Stärke umgab ihn und diese half ihnen auf den Baustellen, auf denen es manchmal etwas ruppiger zuging. Alte Landhäuser zu renovieren war ein schwieriges Unterfangen, doch mittlerweile konnten sie gut davon leben. Auch der *Federzirkel* spülte Geld in die Kassen. Tom war stiller Teilhaber des Clubs und in der Baufirma, bei der er für Böden und Fenster während der Renovierungen zuständig war.

„Wir haben die Kleine verschreckt“, sagte John, wobei eine gewisse Genugtuung in seiner Stimme mitschwang.

„Eine Steuerprüferin sollte nicht dermaßen niedlich sein. Wenn wir das vorher gewusst hätten …“ Dean grinste wie ein dämonischer Maestro und machte es sich auf dem Sofa bequem, nur um dem Notebook, das vor ihm auf dem Tisch stand, einen der fiesesten Blicke zuzuwerfen, die Tom in letzter Zeit gesehen hatte.

Um den vermeintlich ältlichen, humorlosen Drachen der Gattung Steuerprüferin sofort in die Schranken zu weisen, waren sie geballt aufgetreten. Überraschenderweise stand ihnen ein süßes, liebenswertes Ding gegenüber, das fast noch auf der Türschwelle zur Salzsäule erstarrt wäre. Nachdem sie reingekommen war, hatte sie einen Blick in ihren Dungeon geworfen, denn schließlich mussten sie ihre Ausgaben für die angeschafften Utensilien belegen. Vor Schock war sie beinahe hingefallen, als hätte ein Blitz sie getroffen. Tom fing sie zwar auf, doch anschließend suchte sie mit einer Gesichtsfarbe, die dem Wort schneeweiß eine ganz neue Bedeutung verlieh, das Weite, dabei stammelte sie, dass sie ihr Notebook vergessen hätte, das in einer Tasche über ihrer Schulter hing und bei ihrer Flucht wild auf und ab hüpfte.

Dean stieß ein unheilvolles Geräusch aus, während er wutentbrannt auf den Tasten des Laptops herumhämmerte. Es war schlimm. Dean hatte seine Nemesis in der Form einer gewissen *Indigo Blue* gefunden, die in einem Internetkanal über BDSM lästerte, eine Sendung, die er mit Inbrunst verfolgte.

„Sollte ich dieses Miststück jemals in die Finger bekommen, dann werde ich ihr so feste den Arsch versohlen, dass sie sich nicht traut, jemals wieder in ein Mikrofon zu sprechen."

John grinste ihn an. „Vielleicht wäre sie die perfekte Person für dich – eine echte Herausforderung."

Dean machte ein Gesicht, als würde er gerade einen Schluck Tee trinken, gewürzt mit Salz anstatt Zucker. „Läster du ruhig. Du wirst auch irgendwann an eine Frau geraten, die dir auf der Stelle den Boden unter den Füßen wegzieht, ehe du begreifst, wie dir geschieht. Und ich hoffe, sie ist ein richtiger Teufel."

John seufzte theatralisch. „Ich möchte eine, die still und lieb ist, mich anhimmelt, während ich ihr den Popo erhitze, die mich nach einem anstrengenden Tag auf der Baustelle umsorgt und mir das gibt, was ich brauche. Ein Ruhepol, der nicht schweißtreibend ist." Dann brach er in ein ansteckendes Lachen aus, angesichts der Absurdität des Gesagten.

Zu John würde eine freche Sub passen, die ihm auf Augenhöhe begegnete, ihm obendrein einen heißen Kampf lieferte, ehe er sie bestrafte und sie schlussendlich seidenweich über seinem Schoß lag. Tom starrte aus dem Fenster und bewunderte den parkähnlichen Garten. Sie alle waren Singles und sehnten sich mittlerweile nach Beständigkeit. Sosehr Tom es genoss, mit verschiedenen Subs zu spielen, ihm fehlte die Liebe zu einer einzigen Frau.

„Euch ist klar, dass die Prüfung nicht abgeblasen ist, nur weil wir die Kleine mit unserem Auftreten verjagt haben", sagte Miles. „Vielleicht kommt sie mit Verstärkung zurück." Miles war der Ruhigste von ihnen, und wie es so oft bei stillen Wassern war, wurde er häufig unterschätzt. Aber den Fehler beging niemand zweimal.

„Wir losen aus, wer bei der neuen Prüferin bleiben muss. Er bekommt die Aufgabe, sie die ganze Zeit über mit seinem Charme um den kleinen Finger zu wickeln, bis sie nicht mehr zwei und zwei zusammenzählen kann." Dean grinste angesichts seines hirnrissigen Vorschlags. Doch offensichtlich hielten die Sullivans die Idee für großartig. Tom verabscheute solche Spiele, denn er war meistens der Blödi, der verlor.

Dean holte einen Würfelbecher. „Die niedrigste Zahl darf auf der Baustelle schwänzen." Seine grauen Augen funkelten vor Belustigung. Anscheinend war er sich bereits sicher, wessen Arsch vor Langeweile einschlafen würde. Und natürlich würfelte Tom als Einziger eine Eins. Er hasste das!

„Wir empfangen sie gemeinsam. Irgendwie hat es Spaß gemacht, die Kleine zu erschrecken." John grinste sadistisch, ganz der Maestro, der er durch und durch war. „Vielleicht küsst dich auch das Glück und es ist ein Kerl."

Die drei Höllengeburten lachten wie irre Esel.

Kapitel 2

Iris starrte den Bildschirm mit den fröhlich flimmernden Zahlen an, auf die sie sich genauso wenig konzentrieren konnte wie auf einen Vortrag über das Paarungsverhalten von Einzellern. Eigentlich mochte sie Ziffern und liebte es, ihre Geheimnisse zu dechiffrieren, doch heute wanderten ihre Gedanken ständig ab. Seit einigen Wochen plagte sie Unzufriedenheit aber sie war zu überarbeitet, um die Sache zu entschlüsseln. Ihr Blick schweifte umher und blieb an dem Fenster ihres Büros hängen. Iris verlor sich in dem Anblick des davorstehenden erblühenden Kirschbaums. Was für ein Kitsch! Dennoch konnte sie sich nur schwer von dem rosafarbenen Traum losreißen. Es war schon wieder Frühling! Wo waren die letzten Jahre geblieben? Tage, Wochen, Monate flossen ineinander über und keine einzige Sekunde davon stach aus dem Meer der abgelaufenen Zeit hervor. War der Job alles, was ihr blieb? Sie verfolgte verbissen ihre Karriere und hoffte, in nicht allzu ferner Zukunft Teilhaberin in der Kanzlei zu werden. Nicht aus Zufall hatte sie Steuerprüferin als Beruf gewählt, denn sie wollte die Menschheit auf Abstand halten. Alle hassten die Prüfer, die in ihren Geheimnissen herumstocherten, und Zahlen sagten viel über Personen aus. Sie entlarvten auch das kleinste Mysterium, bis derjenige nackt und entblößt vor ihr lag – ein Seelenstriptease der besonders unangenehmen Art. Dabei sehnte Iris sich in ihrem Innersten nach einer Herausforderung, nach einem Mann, der ihr standhielt und nicht vor ihr zurückwich, stattdessen ihre Sehnsüchte und unterdrückten Bedürfnisse ans Licht zerrte, um ihr zu geben, was sie brauchte, ihr das schenkte, von dem sie nicht ahnte, dass sie es mehr als alles andere benötigte. Möglicherweise begehrte sie nur einen Mann in ihrem Bett, denn selbst das hatte sie sich in letzter Zeit versagt. Manchmal würde sie gern etwas Verrücktes tun, doch das war leider unmöglich. Sie durfte ihren Ruf nichts aufs Spiel setzen, musste seriös sein, zuverlässig wirken.

Schaudernd dachte sie an Martin, der letzte Woche gefeuert worden war, weil er mit einer Prostituierten erwischt wurde. Ein wütender Steuersünder hatte Fotos von ihm geschossen, als er die Frau am Straßenrand angesprochen hatte.

Iris schnappte sich den kleinen Minion-Wutball, der auf ihrem aufgeräumten Schreibtisch ruhte, und vergrub ihre Fingerspitzen in dem Material. Sie zerquetschte den armen Kerl mehrere Male, der aber stets zu seiner alten Form zurückfand und Iris die Frustausbrüche ausnahmslos verzieh. Vielleicht sollte sie heute früher nach Hause gehen, es sich auf der Couch mit einem Film gemütlich machen oder in den nahe gelegenen Wald fahren, um Kraft zu tanken.

Sie stand auf und lief zum Fenster. Ihr Gesicht spiegelte sich in der streifenfreien Scheibe und sie wusste, dass ihr Aussehen an ihrer verfluchten Minidepression Schuld war. Sie hatte einige Männer gehabt, allerdings war sie für sie nur ein hübsches Accessoire gewesen, etwas, mit dem sie sich schmückten, bis es sie langweilte. Als ob die aalglatten Schlipsträger sie nicht gelangweilt hätten! Aber auch ihr Ausflug in den Pub mit den Bauarbeitern hatte niemanden hervorgebracht, der sie wirklich interessierte, von dem schnellen Fick mal abgesehen. Selbst das lag Monate zurück. Jeder, der sie ansah, dachte, dass an jedem ihrer Finger zehn Verehrer hingen, die ihr ihre Bedürfnisse von den Augen ablasen. Doch in Wahrheit war sie einsam, denn Iris stieß sie alle von sich, weil die Trophäenjäger nicht ihre Wünsche erfüllen wollten, sondern nur die eigenen. Und dann gab es noch die Männer, die so eingeschüchtert von ihrer Schönheit waren, dass sie sie in die Rippen treten könnte und sie würden sogar begeistert lachen.

Schauder!

Jemand drückte, ohne vorher anzuklopfen, überlaut die Türklinke herunter, sodass Iris beinahe aus ihren Schuhen sprang und vor Schreck den armen Minion auf den Boden warf. Moira McGallagher stürmte in ihr Büro, als wäre der Teufel persönlich hinter ihr her, um ihre katholische Seele zu rauben, die sie bei Bedarf aus ihrer Gestalt hervorkramte. Mit geweiteten grüngrauen Augen und schwer atmend schlug sie die Tür zu. So aufgelöst hatte sie die befreundete Kollegin noch niemals gesehen. Ihr standen förmlich die dunkelblonden Haare zu Berge, die sonst immer an Ort und Stelle lagen.

„Gib mir einen Schluck!"

Auch schön, dich zu sehen.

Was? Moira lehnte es normalerweise ab, bei der Arbeit zu trinken, eine ihrer strikten Regeln, die sie nicht einmal auf einer Geburtstagszusammenkunft brach. Iris bewahrte in den Tiefen einer ihrer Schubladen eine Flasche Scotch auf, die im Dunklen vor sich hinschlummerte und nur das Tageslicht erblickte, wenn ein Scheißtag ein paar Tropfen erforderte. Und die Male konnte sie an einer Hand abzählen.

„Sofort", kreischte Moira hysterisch. Was zur Hölle war mit Moira geschehen? Sie war heute Morgen zu irgendwelchen *Sullivans* gefahren, um dort mit der Steuerprüfung ihrer Baufirma zu beginnen. Ein Job wie jeder andere, aber offensichtlich hatte der sich als unerwartet beunruhigend entpuppt. Iris ging zu ihrem Schreibtisch, fischte die Flasche hervor und reichte sie Moira. Diese packte sie mit zitternden Händen, schraubte den Verschluss auf, wobei sie sich erst gar nicht die Mühe machte, etwas von dem Scotch in den Becher zu schütten, auf den Iris deutete. Sie setzte die Flasche an die fülligen Lippen, trank hastig und brach in Husten aus.

Iris entwand ihr die Flasche, ehe noch Schlimmeres geschah. „Jetzt beruhige dich und rede."

Moira hob den Minion auf und Iris befürchtete, dass er diese Attacke nicht überlebte. Die Kleine richtete ihren Blick auf Iris und ihre Augen schwammen in Tränen. Augenblicklich regte sich der Beschützerinstinkt in Iris.

Wer immer das Karamellbonbon in diesen Zustand versetzt hatte, er würde dafür büßen.

„Ich setze keinen Fuß mehr in diesen … diesen … Sündenpfuhl! Mit dem irreführenden Namen *Federzirkel.* Und dann diese Kerle! Zu viert haben sie mich erwartet, mich umringt!"

„Haben sie dich angefasst?" Iris spürte, dass sich Eiseskälte in ihrem Inneren sammelte. Wenn eines von den Arschlöchern es gewagt hatte …

„Nein! Das war unnötig." Moira nahm einen zitternden Atemzug. „Bitte übernimm du den Fall für mich und erzähl dem *Schredder,* wir hätten getauscht, weil der *Federzirkel* näher an deinem Haus liegt. Bitte, Iris. Du weißt, dass der *Schredder* nur darauf wartet, mich in Einzelteile zu zerlegen, die so klein sind, dass niemand sie jemals wieder zusammensetzen kann." Sie stülpte ihre Unterlippe vor.

Schredder hieß eigentlich Bob Theodor und war ihr Vorgesetzter, der Moira genauso wenig leiden konnte wie Moira ihn. Iris stellte er allerdings inbrünstig nach. Eine Träne kullerte Moiras Wange hinunter. Iris vermochte Tränen nicht standzuhalten.

„Okay. Ich tausche mit dir."

Die Tränen trockneten ebenso schnell, wie sie erschienen waren. Doch Iris tat Moira mit Freuden den Gefallen, weil sie es in letzter Zeit nicht leicht gehabt hatte. Erst war ihr Dad verstorben und ein paar Wochen später hatte ihre Cousine sie mit ihrem Verlobten betrogen. Diese Schlange!

„Danke, Iris." Moira warf ihr die Arme um den Hals. „Du hast was gut bei mir." Wenn sie eine jüngere Schwester hätte, dann sollte sie wie Moira sein.

Moira war zwar schüchtern, sobald ein Mann sie ansprach, doch so aufgelöst wie vorhin war sie noch nie gewesen. Was war dieser ominöse *Federzirkel?* Vielleicht ein Bordell, denn das würde Moiras Reaktionen erklären. Bob Theodor! Dieser Arsch! Wahrscheinlich hatte er die süße Moira genau aus diesem Grund dorthin geschickt. Iris würde diesen Kerlen gewaltig in den Hintern treten.

Mit ihr würden sie so eine Nummer nicht abziehen. Sie würde von Anfang an klarstellen, wer bei einer Steuerprüfung das Sagen hatte und das war sie - mitnichten vier Möchtegern-Machos, die kleine, junge, harmlose, niedliche Frauen erschreckten.

„Was ist denn dieser *Federzirkel*?" Ehe Moira antworten konnte, klingelte das Telefon auf Iris' Schreibtisch. Es war Bob. Moira lächelte sie dankbar an, bevor sie das Weite suchte.

Großartig, jetzt bekam Iris auch noch Kopfschmerzen. Sie nahm den Anruf gegen, lehnte Bobs Angebot ab, mit ihm zum Lunch zu gehen, und teilte ihm mit, dass sie sich nicht wohlfühlte und zudem den Auftrag bei den Sullivans übernehmen würde. Er wusste, dass sie sein Vorgehen hinsichtlich Moira durchschaute und daher widersprach er nicht. Iris schaltete entschlossen das Notebook aus. Sie würde sich heute Nachmittag freinehmen, sich in der Badewanne entspannen, Essen beim Chinesen bestellen und sich anschließend den ersten Teil von *Underworld* ansehen. Zu Kate Beckinsale in dem engen Kostüm konnte niemand Nein sagen.

„Gehts dir nicht gut?", fragte Lisa besorgt, als sie an der Rezeption vorbeilief.

„Nur Kopfschmerzen", log sie. In Wahrheit war sie kreuzunglücklich und sie wusste nicht wieso.

Kapitel 3

Iris betrachtete ihre Kleidung, die sie für die Mission *Sündenpfuhl* herausgelegt hatte. Eigenartigerweise fiel ihre Wahl bei der Unterwäsche auf weiße Dessous aus feinster Spitze, die alles andere als unschuldig aussahen. Sie zog sich halterlose Strümpfe über, schlüpfte anschließend in den engen roten Rock in italienischer Länge, ein schwarzes Top und den Blazer, der zum Kostüm gehörte. Das Rot passte zu ihrem Mini Cooper, den sie sich letzte Woche gekauft hatte. Rot! Genau die richtige Farbe, um ihren Standpunkt zu unterstreichen. Der Teufel war bereit, zu wüten. Riemchensandalen mit einem kleinen Absatz komplettierten ihr Outfit. Sie hängte sich die Notebook-Tasche um, schnappte sich den Rollkoffer mit ihren Hilfsmitteln und grinste ihr Spiegelbild auf dem Weg nach draußen an. Ihre Tasche enthielt zwar keine Folterutensilien, aber der Inhalt hatte auf manchen Steuersünder den Effekt, als würde sie Peitschen, Gerten und Ketten mit sich führen. Sie würde mit den vier vermeintlichen Gebietern einen Feuertango der besonderen Sorte tanzen. Falls die Herren glaubten, dass sie sie einschüchtern könnten, dann würde sie die Gorillas eines Besseren belehren. Wenn jemand eine Peitsche schwang, war sie es.

Sie betrat die Garage durch die Tür von der Küche aus, deponierte den Rollkoffer und die Tasche im Kofferraum, setzte sich auf den Fahrersitz und gab den Zielort, den Moira ihr gestern noch per E-Mail geschickt hatte, in das Navi ein. Iris fuhr aus der Garage und folgte den einsamen Straßen weiter hinaus aufs Land. Sie liebte Staffordshire mit seiner Ruhe und Besinnlichkeit. Grasende Pferde zogen an ihr vorüber und das Wetter war dem Frühling würdig. Nach einigen Kilometern bemerkte Iris, dass sie unerklärlicherweise nervös war. Vielleicht war es dem fehlenden Frühstück geschuldet, weil sie heute Morgen fast verschlafen hätte, ein weiteres Anzeichen, dass sie ausgepowert war. Vermutlich war das der einzige Grund für ihre nervende Unzufriedenheit. Ein Urlaub wäre herrlich, doch allein verspürte sie keine Lust, irgendwo hinzufahren. Beinahe hätte sie die Einfahrt verpasst und sie trat auf die Bremse. Was für ein erster Eindruck! Ein schmiedeeisernes Tor, auf dem auf beiden Seiten je eine Feder eingeschmiedet war, schirmte die lange Zufahrt ab. Dahinter lag ein parkähnliches Grundstück und sie erinnerte sich an das alte baufällige Landhaus, das offensichtlich neue Besitzer gefunden hatte. Im Frühling des letzten Jahres war das Areal frei zugänglich gewesen.

Sie ließ die Scheibe herunter, streckte den Arm aus und drückte auf die Klingel, die unter der eingelassenen Kamera angebracht war. Eine wohlklingende männliche Stimme meldete sich.

„Iris Lexington. Ich springe für meine kranke Kollegin Moira McGallagher ein“, sagte sie in dem kühlsten Tonfall, zu dem sie fähig war.

Na wartet, ihr Mädchenverschrecker! Mrs Diablo ist da.

Ein seltsames Déjà-vu überkam Tom, als sie vier auf das Display starrten, doch es war nicht die Kleine von gestern, sondern eine Brünette, die so außerordentlich schön war, dass nicht nur er hörbar nach Luft schnappte.

„Wenn du willst, Tom, tausche ich gern mit dir den Platz.“ Dean rammte ihm nicht allzu sanft den Ellbogen in die Seite.

„Vergiss es. Spielschulden sind Ehrenschulden. Los, verkrümelt euch.“ Das Appetithäppchen gehörte ihm, und so wie Mrs Leckerbissen der Kamera einen höchst dunklen Blick zugeworfen hatte, versprach Iris Lexington eine Herausforderung, die ihn bereits jetzt reizte. Er mochte zickige starke Frauen, die es ihm nicht leicht machten.

„Erst begrüßen wir sie“, warf John belustigt ein. „Danach hast du sie die ganze Zeit für dich allein.“ Auch er rammte ihm den Ellbogen in die Seite. „Mein Instinkt sagt mir, dass es eine höllische Woche wird und du lieber auf den Knien mit Inbrunst die Fußböden bei den Millers abschleifen würdest.“

„So sehen also deine Träume aus. Ich wusste gar nicht, dass du auf mich stehst." Tom schlug John auf den Hintern, der ihm daraufhin einen Blick zuwarf, der einer Schiava einen Schweißausbruch entlockt hätte. Ihm entriss es ein Lachen. Sie führten zwar oft zusammen Sessions aus, doch dabei berührten sie nur die entzückenden Subs und ließen die Finger voneinander. So ein haariger Männerhintern reizte ihn genauso wenig wie ein Leberspieß. Nach einigen Minuten ertönte die Türglocke und Tom musste zugeben, er sah nicht nur auf das Display, er starrte diese Frau an, saugte ihren Anblick förmlich in sich auf, während sein Herzschlag sich beschleunigte. Diese Woche versprach anders zu werden, als er es gedacht hatte. Denn da war etwas an ihr, das ihn äußerst interessierte, aber vielleicht blendete ihn nur ihr umwerfendes Aussehen. John lief nicht zur Tür, er schlich mit der Grazie eines Raubtiers aus dem Arbeitszimmer, um sich der Beute anzunehmen.

Nachdem sie aus dem Wagen ausgestiegen war, blieb Iris einen Augenblick stehen, weil sie sich der Wirkung des beeindruckenden Landhauses aus Sandstein nicht zu entziehen vermochte. Frisch renoviert ragte es mit weißen Fensterläden und einer einladenden Flügeltür vor ihr auf. Auf dem Weg zur Tür versuchte sie, nicht daran zu denken, dass sie in diesem Moment wahrscheinlich beobachtet wurde, denn sie entdeckte mehrere Kameras. Die Inhaber dieses ominösen *Federzirkels* legten viel Wert auf Sicherheit. Wenn das hier ein Bordell war, dann musste es eines von den exklusiven sein, die ihr Klientel nicht von der Straße holte. Dennoch schwirrte vor ihrem inneren Auge das Bild eines übergewichtigen behaarten Zuhälters, geschmückt mit Goldkette und einem Tiegel Haargel in dem ausgedünnten Haar. Die Tür vor ihr ging auf und ihr stand ein heißer Kerl mit grauen Augen, die ihr direkt in die Seele zu blicken schienen, gegenüber. Beinahe wäre sie einen Schritt zurückgewichen. Doch sie besann sich eines Besseren und drückte die Schultern durch. Leider war er viel größer als sie, sodass ihre Bemühungen umsonst waren. Er war gekleidet in einer hellen Jeans und einem weißen Longsleeve – *Black Irish* in Perfektion.

„Iris … Lexington … Steuerprüferin." Verflucht! Sie stammelte, etwas, das sie nie tat. Er strecke seine Hand aus und sie starrte sie an, als wüsste sie nicht, was sie damit tun sollte. Sichtlich belustigt hoben sich seine Augenbrauen.

Reiß dich zusammen.

Es wäre ihr vielleicht gelungen, wenn nicht in diesem Augenblick ein blonder Hüne neben dem Dunkelhaarigen aufgetaucht wäre. Seine braunen Augen verursachten einen Strudel in ihrem Inneren, der sich bis zu ihren Füßen fortsetzte, sodass sie das Gefühl hatte, etwas würde sie verschlingen – nein, nicht etwas, sondern er.

Wenn das Zuhälter waren, dann widerlegten sie jedes Klischee. Der Blonde war noch heißer als der Dunkelhaarige.

Reiß dich zusammen! Mrs Diablo und nicht Mrs Untervögelt!

„John Sullivan", hörte sie die amüsierte Stimme ihres Gegenübers, der mittlerweile ihre Hand in seiner hielt, während sie Eric Northman anstarrte, der allerdings nicht so abgemagert wie der echte war. An seinem Gesicht war nichts Weiches, stattdessen strahlte es Stärke aus. Als würde seine Körpergröße diesen Job nicht bereits fantastisch erledigen. Das dunkelgrüne T-Shirt stand ihm hervorragend und die Jeans zierte lässig seine Hüften. Iris verstand nicht, wieso sie auf ihn so seltsam reagierte. Das Bedürfnis übermannte sie, sich in seine Arme zu werfen.

„Tom Barber." Er ergriff ihre inzwischen freie Hand und die erste Berührung setzte einen Gefühlscocktail in ihrem Inneren in Bewegung, der sich seinen Weg nach draußen bahnte und ihr langsam über die Haut kroch, bis sie glaubte, ihre Körperoberfläche würde unter Strom stehen. Warum war sie hergekommen? Ihr Verstand ließ sie im Stich, ihre Kehle funktionierte nicht mehr und sie war unfähig zu sprechen, konnte kaum stehen. Nannte man ihren Zustand eine spontane sexuelle Eruption?

Niemals zuvor hatte ein Mann vom Fleck weg einen vergleichbaren Effekt auf sie ausgeübt, wie Tom Barber es tat.

„Das ist Iris Lexington, unsere Steuerprüferin. Möchten Sie nicht reinkommen?“ John lächelte sie an, doch auch wenn er eindeutig ein leckerer Anblick war, ließ er sie kalt. Tom dagegen brachte ihr Blut zum Brodeln.

„Iris?“ John zeigte sehr deutlich, dass sie ihn amüsierte. Wie war das mit dem ersten Eindruck? Und was hatte John gesagt?

Ach so, reinkommen.

Wollte sie das? Jetzt verstand sie Moira. Diese Männer waren gefährlich, nicht weil sie gewalttätig wirkten, sondern da ihnen eine überwältigende Ausstrahlung anhaftete, die sie dermaßen nonchalant zur Schau trugen, als wäre sie nichts Besonderes.

Von wegen!

John griff nach ihrer Notebook-Tasche, um sie ihr abzunehmen. Obwohl Tom ihre Hand längst losgelassen hatte, spürte sie noch immer die Wärme auf ihrer Haut.

„Darf ich?“ Inzwischen grinste Tom ebenso wie John.

Was? Mich küssen? Mich gegen die Wand drängen, um mich zu benutzen?

Sie reagierte nicht auf Männer bei einer ersten Begegnung mit einer dermaßen unangebrachten heftigen Lust. Anscheinend gab es für alles ein erstes Mal! Da er sie sowieso an einen Wikinger erinnerte, könnte er sie doch über seine überaus breiten Schultern werfen, sie anschließend an sein Bett fesseln, um mit ihr die verruchten Dinge anzustellen, die er ebenso wollte wie sie.

„Den Rollkoffer?“ Selbst seine Stimme war wie ein Magnet, so eindringlich und stark. Wenn seine Berührung heiß wie ein Saharawind gewesen war, dann glich der Klang seiner Stimme einem kühlen Regenschauer, der den Staub von ihrer Haut spülte, bis er auch den letzten Zentimeter erreichte.

Das konnte ja heiter werden! Iris drückte ihre Wirbelsäule durch, gewann ein wenig von ihrer Haltung zurück, bis

Tom seine Handfläche zwischen ihre Schulterblätter legte und sie mit sanftem Druck zwang, die Schwelle zu überschreiten. Hatte sie keine Kleidung an oder warum spürte sie die Wärme seiner Berührung so eindringlich, so beunruhigend und so verführerisch, dass sich ihre Körpertemperatur ebenso erhöhte wie ihr Pulsschlag? John lief vor ihnen und sie versuchte, nicht auf seinen Arsch zu starren. Tom zog den Rollkoffer nicht hinter sich her, er trug ihn.

Wenn das Landhaus sie von außen bereits beeindruckt hatte, dann war das Innere atemberaubend. Die geschwungene Treppe war frisch abgeschliffen und der Fliesenboden in einem komplizierten Mosaik verlegt. Das Entree war hell, lichtdurchflutet und das Einzige, was fehlte, waren Gemälde, die die Wände schmückten. Tom ließ seine Hand länger zwischen ihren Schulterblättern ruhen, als es nötig wäre. Ob er auch dieses Knistern zwischen ihnen spürte? Doch sie musste diesen Schwelbrand löschen, ehe er sie verbrannte. Wo war die eiskalte, überlegene Prüferin geblieben? In diesem Moment schien sie sich auf einer Insel am anderen Ende der Welt zu befinden, wo sie sich mit Mixgetränken einen schönen Tag machte, um nicht an ihrer Einsamkeit zu ersticken. Wenn sie Tom Barber in einem Club aufgespürt hätte, dann würde sie alles tun, um ihn in ihr Bett zu locken und ihn dort für die nächsten Wochen zu behalten, nur um herauszufinden, ob er sie rein sexuell anzog oder ob da mehr war. Leider war er ein potenzieller Steuersünder. Endlich nahm er seine Hand fort, doch Erleichterung stellte sich dennoch nicht ein, denn sie entdeckte noch zwei von ihnen, sobald sie das Arbeitszimmer betrat. Der Jüngere war definitiv der Bruder von John.

„Darf ich euch Iris Lexington vorstellen? Das sind meine Brüder, Dean und Miles Sullivan.“ Der Blonde war sein Bruder?

Iris versuchte, ihre staubtrockene Kehle zu befeuchten, allerdings erwies es sich als unmöglich. Aber wenigstens schaffte sie es diesmal, ihre Hand auszustrecken, um sie zu begrüßen. Beide drückten ihre Finger mit genau der richtigen Stärke, fest, jedoch nicht schmerzhaft.

„Gleich vier von Ihnen, man könnte meinen, Sie hätten etwas zu verbergen.“ Kein Wunder, dass sie Moira eingeschüchtert hatten, sie selbst fühlte sich wie ein Lamm zwischen Wölfen – ein frisch geschorenes Lamm.

„Nein, wir spielen mit offenen Karten. Doch Geheimnisse zu ergründen, gehört zu den Spezialitäten des *Federzirkels*. Sobald wir einmal loslegen, finden wir alles heraus, bis zum letzten versteckten … Seufzer“, sagte Tom, während er ihr in die Augen sah, sie dermaßen verunsicherte, dass sie es Moira am liebsten gleich getan hätte und geflüchtet wäre. Wie sollte sie diese Woche nur überstehen? Und was, verflucht, war dieser ominöse *Federzirkel*? Wieso hatte Moira ihn als Sündenpfuhl betitelt? Allerdings fürchtete sie, dass sie die Antwort auf diese Frage schneller bekam, als ihr lieb sein konnte.

Ihr Blick schweifte durch das großzügige Arbeitszimmer mit den modernen Möbeln, den bodentiefen Fenstern und der ledernen Sitzgruppe. Keine leicht bekleideten Frauen in Sicht.

„Wir gehen jetzt. Tom kümmert sich um Sie, egal in welcher Hinsicht. Sollten Sie irgendetwas brauchen oder Fragen haben, er wird alles tun, um die Sünden aufzudecken.“ John zwinkerte ihr zu und dann war Iris allein mit Tom, den sie mit jeder Faser ihres Körpers spürte, obwohl er sie nicht berührte. Lieber Himmel!

Du musst ihn ignorieren! Reagiere nicht auf die Stärke, die er ausstrahlt, starre nicht auf seine Hände mit den schlanken Fingern und schon gar nicht in diese Augen, die dich an den dichten kostbaren Samt erinnern, der oft die Gemälde der Alten Meister ziert. Obwohl so ein plüschiger Stoff nicht das war, was er als Mann darstellte. Er wirkte dominant und sie hasste Machos. Doch bei ihm wurden ihre Knie weich.

Tom trat sehr nah an das wunderschöne Wesen heran, das versuchte, wie ein Stock vor ihm zu verharren, um bloß keine Reaktion zu zeigen, und wild entschlossen erschien, die Ausstrahlung einer Hexe zu verströmen, die Männer ungekocht zum Frühstück verspeiste, mit Eiern angerichtet auf einem Dessertteller. Als ob sie das frostige Verhalten beibehalten könnte, wenn er es darauf anlegte. Tom durchschaute ihre Fassade. Er würde sie zu gern nach nebenan in den *Dungeon* verschleppen, um sie dort in die höchste Ekstase zu versetzen, bis sie schlichtweg vergaß, wozu sie hergekommen war. Sie trug die brünetten Haare schulterlang – eine perfekte Länge, um sie um seine Hand zu wickeln. Das ovale Gesicht mit den blauen Augen strahlte Ablehnung aus, doch da brannte ein Feuer in den Tiefen ihrer Iriden, das anderes erahnen ließ. Tom kannte dieses kühle Verhalten, das aus Unsicherheit bei sehr attraktiven Frauen herrührte. Sie verbarrikadierten sich hinter einer eisigen Mauer, unterdrückten ihre Gefühle, bis sie kalt und feindselig erschienen, willensstark und unnahbar. Er konnte diesen Schutzmechanismus durchaus verstehen, denn viele Männer erachteten sie als Jagdtrophäen, und er vermutete, dass Iris bereits eine Anzahl von solchen Arschlöchern durchlitten hatte. Ihre Seele war verwundet und sie war zu stur, um es zuzugeben. Wäre die Kleine von gestern erneut aufgetaucht, hätte es ihm Freude gemacht, sie ein wenig zu verunsichern, doch er hätte sie nicht übers Knie legen wollen.

Iris dagegen … Sie war eine starke Frau und diese zierten seinen Schoß am besten, wenn sie mental gegen ihn ankämpften, solange sie darüber lagen, nur um ihm schlussendlich zu geben, worauf er abgezielt hatte. Er argwöhnte, dass diese wunderschöne Blume mit dem passenden Namen Iris niemals eine Berührung mit BDSM gehabt hatte, jedoch vermutete er, dass sie unter dem Schmerz und der Dominanz aufblühen würde, die er ihr schenken könnte. Es juckte ihm bereits in den Fingern, oder vielmehr auf der Handfläche, ihr all das angedeihen zu lassen, wovon sie nicht ahnte, dass sie es brauchte. Einmal loslassen, bis alles unwichtig wurde, außer die eigenen Bedürfnisse. Sie presste ihre Lippen aufeinander, die ihn in der Farbe an samtige Rosenblätter erinnerten, bis sie ihre Weichheit verloren. Ihre Haut würde sich ebenso zart anfühlen und er wusste einfach, dass ihr Arsch sich auf die verführerischste Weise verfärben würde, sobald seine Handflache auf ihre Rundungen aufprallte. Ihre Hautfarbe war ein milchiges helles Braun und ihre blauen Augen wie zwei spiegelglatte Bergseen, die unter einem perfekten Sommertag erleuchteten. Sie trat beinah hastig vor ihm zurück und ihr Blick versprach ihm Gegenwehr. Oh ja! Die kleine rosenzarte Iris wusste weder, wen sie herausforderte, noch dass sie in einem BDSM-Club gelandet war. Sein Jagdinstinkt brannte lichterloh.

Sie griff nach der Notebook-Tasche, die John auf den Schreibtisch gelegt hatte. „Ist hier mein Arbeitsplatz?“, fragte sie betont frostig.

Tom unterdrückte ein Grinsen, denn ginge es nach ihm, würde er die Hitze in ihr freilegen, die sich unter dem eisigen Tau versteckte, und dieser Tau würde ihre Pussy perfekt benetzen. Schade, dass sie nicht als Sub in den Club gekommen war, dann könnte er sie ohne Umschweife übers Knie legen, zumal die Signale, die sie, wenn auch unbewusst, aussandte, eindeutig sexueller Natur waren. Sie schüttelte ihr Haar und leckte sich die Lippen. Manchmal gab es diese Anziehungskraft von der ersten Sekunde an. Und diese Sekunde stand seit mehreren Minuten neben ihm.

„Ja.“ Er deutete auf die Klarsichtfolien, in denen die Belege vorsortiert lagen. John erlaubte keine Schluderei in der Buchführung. „Dort finden Sie alle Schriftstücke. Sollte etwas fehlen, werde ich mich bemühen, das Fehlende schnellstmöglich aufzuspüren.“ Tom lächelte sie an, doch Iris ließ sich nicht dazu hinreißen, die Mundwinkel nach oben zu verziehen, ihre rutschten in die entgegengesetzte Richtung, während eine senkrechte Falte zwischen ihren Augenbrauen entstand.

„Eine chaotische Loseblattsammlung.“ Sie runzelte missbilligend die Stirn, sodass es Tom in den Fingern juckte, ihr die Kostümjacke von den Schultern zu reißen, sie nach hinten zu drängen, bis sie die Wand erreichte, und dort würde er sie küssen. Stattdessen trat auch er von ihr zurück. Das Spiel war eröffnet und es war Zeit, den ersten Zug auf seinem Spielbrett auszuführen, mit der entzückendsten Figur, die er sich vorstellen konnte.

„Möchten Sie etwas trinken oder essen?" Iris war ein wenig bleich um die Nase, sodass er vermutete, dass sie nicht gefrühstückt hatte.

„Ein Tee wäre nett."

Tom schwor, dass er ihren Blick auf seinem Hintern spürte, als er aus dem Raum lief. Auch er hatte einen Effekt auf Frauen und er liebte seine Wirkung. Das Leben war so viel leichter, wenn man sich akzeptierte, wie man war. Für Männer war das in der Regel einfacher. Die meisten Frauen führten einen ständigen Kampf gegen sich selbst. Seit Ewigkeiten hatte er nicht mehr auf eine Frau reagiert, wie er es bei Iris tat. Er musste sie haben und er würde sie bekommen.

Tom schlenderte in die Küche der Sullivans. Die vanillefarbigen Möbel hatten er und Miles angefertigt. Eigentlich war es ein Jammer, dass sie alle Singles waren. Diesem Haus fehlte eine feminine Handschrift. Tom wohnte nicht ständig im *Federzirkel,* war aber oft hier und hatte ein eigenes Zimmer. Sie arbeiteten häufig bis in die späten Abendstunden auf den Baustellen und da war es vorteilhaft, wenn sie gemeinsam anreisten. Außerdem hasste er es, allein zu essen. Er lächelte wehmütig, als er daran dachte, wie sie lange nach einem Namen für ihren Club gesucht hatten und es war Miles' Vorschlag gewesen. Bevor Johns und Deans Vater ihn adoptiert hatte, war er im Kinderheim missbraucht worden. Als Kind hatte er Federn gesammelt, die er in einem Kreis um sich ausgebreitet hatte, in der irrigen Annahme, dass ihm in diesem Zirkel nichts geschehen konnte. Dennoch hatte ihm dieser Ort eine mentale Sicherheit geboten, um nicht den Verstand zu verlieren. Der *Federzirkel* war sowohl für den dominanten als auch den submissiven Part ein Ort, an dem sie geschützt ihrem Kink nachgehen konnten. Es gab strenge Regeln, einen Verhaltenskodex, und auf dem Boden herumkriechende erniedrigte Subbies suchte man bei ihnen vergeblich.

Tom bereitete eine Kanne Tee zu und plante gut gelaunt seine Falle. Er stapelte ein paar French Toasts, die vom Frühstück übrig geblieben waren, auf zwei Teller, legte noch Erdbeeren und Weintrauben dazu und stellte die Kanne und Tassen auf das Tablett. Auf dem Weg in das Arbeitszimmer öffnete er die Flügeltür des *Dungeons* und merkte selbst, dass er breit grinste.

Iris sah nicht einmal hoch, als er das Tablett auf dem Couchtisch deponierte. Sie tat so, als wäre sie in ihrer Arbeit versunken. Doch er bemerkte das kaum sichtbare Anspannen ihrer Muskeln. Ob die Kleine devot war? Er vermutete schon, denn starke Frauen waren oft überraschend anschmiegsam in ihren Herzen und waren manchmal die devotesten, liebten es, sich im Bett einem Mann hinzugeben, der ihnen alles gab, was sie wollten, und sich dabei einen Scheißdreck um den Anstand scherten. Aber leicht war es nicht für sie, zu ihren Neigungen zu stehen. Der erste Stritt gestaltete sich stets als der schwierigste.

„Zeit für eine Pause." Er deutete einladend auf die dunkelbraune Ledercouch mit den cremefarbenen Kissen.

Er sah den Zwiespalt auf ihrem Gesicht, als sie sich endlich dazu bequemte, ihn anzusehen. Sie war so durchschaubar und er schenkte ihr ein warmes Lächeln. Erst wenn sie über seinen Knien lag, war es Zeit für den Maestro sowie seine Handfläche auf ihrem Arsch.

Sie hatte wirklich Hunger und ihr war sogar ein wenig schlecht. Es konnte nicht schaden, freundlicher zu sein. Den unnachgiebigen Eisblock zu spielen, war anstrengend und unbefriedigend. Wahrscheinlich bildete sie sich die gegenseitige Anziehungskraft nur ein und Tom Barber hatte es mit Sicherheit nicht nötig, auf Trophäenjagd zu gehen, weil er die heißeste Trophäe war, auf die sie jemals ihre Augen gerichtet hatte.

Sie ging hinüber zur Sitzgruppe und fühlte seinen durchdringenden Blick bei jedem zurückgelegten Zentimeter auf ihrem Körper. Zum Glück trug sie keine High Heels, die für sie während der Arbeit einen High Hell darstellten, denn dann wäre sie wahrscheinlich gestolpert und auf der Nase gelandet. Tom wartete, bis sie sich hingesetzt hatte, ganz wie ein Gentleman, dabei war *gentle* kein Attribut, das sie mit ihm in Verbindung brachte. Nein, Sanftheit kam bei ihm kombiniert mit Stahl und Selbstsicherheit, weil er sich offensichtlich äußerst wohl in seiner Haut fühlte – einer Haut, die sie zu gern berühren würde. Entgegen ihrer Befürchtung setzte er sich nicht neben sie, sondern nahm ihr gegenüber auf dem zweiten Sofa Platz. Doch jetzt konnte er sie mustern und er tat genau das. Zur Hölle! Sie war nicht Moira, daher starrte sie ihm direkt in die Augen, was sich als außerordentlich dumme Idee erwies, da sie drohte, unter der Intensität zu verbrennen. Iris griff nach der Tasse und trank einen Schluck des vorzüglichen Tees, wobei sie erfolglos versuchte, Tom zu ignorieren. Sie brauchte ihre gesamte Willensanstrengung, um nicht ständig zu ihm zu sehen. Der French Toast lockte sie und erinnerte sie an das ausgelassene Frühstück.

„Lass es dir schmecken." Er nahm sich einen der beiden Teller und biss in eine der gezuckerten Brotscheiben hinein. Der Zucker blieb an seinen Lippen kleben und erweckte in ihr das Bedürfnis, jeden einzelnen Krümel abzulecken. Er hatte sie einfach geduzt, aber vielleicht war es ihm rausgerutscht.

„Mundet der Tee?"

„Ein wenig bitter."

„Wirklich?"

Sie hatte auf einmal Mühe, die Tasse in den Händen zu halten, stellte sie ab und nahm sich stattdessen eine Erdbeere. Sie schmeckte süß und säuerlich, genau richtig. Zum Teufel damit! Ihr Hunger war einfach zu groß, daher griff sie nach dem Teller und es war ihr egal, ob er sie für verfressen hielt. Sie aß die vier Scheiben auf und ließ nicht eine einzige von den Weintrauben oder den Beeren zurück. Jetzt fühlte sie sich besser, hatte ihre Sinne wieder beisammen und würde die Steuerprüfung wie ein Profi hinter sich bringen. Am besten ignorierte sie Sexy-Tom. Ihr Entschluss hielt bis zu dem Augenblick, als er sich vorbeugte und mit dem Daumen über ihre Unterlippe strich. Die Geste war so frech und weitaus schlimmer war es, dass sie über seinen Daumen leckte, ehe ihr bewusst wurde, was sie da eigentlich tat. Pures Feuer schlug ihr aus seinen Augen entgegen, sodass sie das Gefühl bekam, sie würden seinen Schwanz lecken. Scheiße! Sie war verloren. Wenn er so weitermachte mit dieser ganz und gar nicht subtilen Art der Verführung, würde sie mit ihm nackt und schwitzend auf diesem Sofa landen, noch ehe der Tag um war. Und dass er genau die gleichen Gedankengänge verfolgte wie sie, verbarg Tom erst gar nicht. Er zog seine Hand zurück.

Sie wünschte sich, er würde sie einfach hier und jetzt auf der Couch nehmen, ohne sich darum zu kümmern, ob sie es wollte oder nicht. Doch er lächelte sie nur unergründlich an. Dann räumte er die Teller auf das Tablett und verließ den Raum. Iris schloss kurz die Augen, während sie versuchte, ihre Libido in den Keller ihrer Gefühlswelt zu verfrachten, allerdings gelang es ihr ebenso wenig, wie ihn als grauenvoll zu erachten.

Iris strich ihren Rock glatt, nahm die Teetasse und ging hinüber zum Schreibtisch. Sie sah starr auf den Bildschirm mit den verschwimmenden Zahlen. Zu ihrem Verdruss sprang sie vor Schreck beinahe von der Sitzfläche, weil Tom plötzlich hinter ihr stand und sich über sie beugte, sodass sie die Wärme seines Körpers zwar nicht direkt fühlte, sie ihr jedoch bewusst wurde. Und wie gut er roch, ganz leicht nach Sandelholz! Einfach alles an diesem Mann zog sie an. Sie musste dem auf der Stelle ein Ende bereiten.

„Und, schon eine Sünde aufgedeckt, Iris?“

Der Tee schwappte ihr beinahe über die Hände und sie stellte ihn auf den Tisch.

„Ich weiß nicht, was das hier werden soll, Mr Barber, aber ich bin nicht an einem Flirt interessiert und würde Sie bitten, ein wenig Abstand zu halten."

„Würdest du das?"

„Ich kann mich nicht erinnern, dass ich Ihnen erlaubt habe, mich zu duzen", würgte sie in dem schnippischsten Tonfall, den sie beherrschte, hervor. Sie war so verunsichert, ein Umstand, der ihre Wut steigerte.

Anstatt vor ihr zurückzuweichen, überbrückte er den letzten Zentimeter, der ihn davon trennte, sie zu berühren. Überdeutlich spürte sie ihn, nicht nur an den Stellen, an denen er sie berührte. Irgendwie strömte der Bereich an ihrer Schulter auf ihren restlichen Körper aus. Wieso zum Teufel reagierte sie auf diese lustvolle Weise auf diesen unverschämt selbstsicheren Kerl? Ob er dominant im Bett war? Nicht diese Art von Selbstsüchtigkeit, die viele Männer bewiesen, weil sie nur an das eigene Vergnügen dachten, sondern die Art von Dominanz, die es ihm erlaubte, mit einer Frau zu machen, was er für richtig erachtete, bis sie sich vor Verlangen unter ihm rekelte, der Lust dabei verspürte, seiner Partnerin welche zu verschaffen, und für den eine Klitoris kein unbekanntes Territorium darstellte.

Er ignorierte ihren Ausbruch, beugte sich weiter herab, sodass sie damit rechnete, dass seine Lippen ihren Nacken streifen würden. Stattdessen nahm er einen tiefen Atemzug. „Du riechst höchst unwiderstehlich, Iris. Geh mit mir aus. Ich würde dich gern zum Abendessen einladen. Bitte."

Das *Bitte* hörte sich wie ein ruhig ausgesprochener Befehl an.

„Nein, ich kann nicht mit Klienten ausgehen."

„Du müsstest doch mit der Prüfung schnell fertig sein."

Er hatte recht, sie würde nicht einmal die Woche brauchen, mit der sie gerechnet hatte. Die Inhaber von *In Love with Vintage* und diesem ominösen *Federzirkel* hatten alles fein säuberlich dokumentiert und belegt. Sie war fast mit den Seiten der Baufirma durch.

„Falls du darauf aus bist, mich ins Bett zu bekommen, vergiss es." Auch ihr rutschte das *Du* über die Lippen.

Er war mittlerweile so nah an ihrem Ohr, dass sein Atem ihre Haut kitzelte. „Ins Bett? Wie langweilig. Wenn ich dich zum Schreien bringe, wird es nicht auf einer Matratze sein und mit Sicherheit nicht in einer Stellung, die du bis jetzt praktiziert hast."

Dieser unverschämte Barbar! Was für eine Frechheit!

„Während ich mich mit deinem Körper und deinem Verstand beschäftige, wirst du deine Schönheit vergessen, Iris. Denn genau sie steht dir im Weg."

Ihr Mund war staubtrocken. Wie war es möglich, dass dieser Mann sie dermaßen durchschaute? Er war ihr unheimlich und zur gleichen Zeit reizte er sie wie eine verbotene Frucht.

Ihr Blick schweifte über den Bildschirm, als suchte sie Halt bei den Zahlen, und da erweckten die Posten: Handschellen, Ledermanschetten, Peitschen und Gerten ihre Aufmerksamkeit. Was? Doch sie vermochte sich nicht darauf zu konzentrieren, weil er ihr gesamtes Augenmerk hatte.

„Zum letzten Mal, ich bin nicht interessiert."

„Das war eine Lüge und deiner unwürdig."

Da war ein Klang in seiner Stimme, der ihr wie eine unausgesprochene Warnung in den Magen fuhr und ihre Nerven in Aufruhr versetzte. Auf diese forsche Weise hatte bis jetzt noch kein Mann mit ihr geflirtet, daher wusste sie nicht, wie sie damit umgehen sollte. Sein unbeirrtes Vorgehen machte ihr Angst, denn sie fand es heiß und ihr Körper reagierte mit verwirrenden Signalen. Er war beinahe arrogant und sie ahnte, dass sobald er sich etwas in den Kopf gesetzt hatte, er nicht eher Ruhe gab, bis er es bekam. Und er wollte sie, das spürte Iris mit jeder Faser ihres Leibes. Ganz leicht berührten seine Lippen ihren Nacken und sie erschauderte unter dem sinnlichen Gefühl, stärker, als die sanfte Berührung es rechtfertigte. Der zarte Kontakt mit ihrer Haut beschleunigte ihren Herzschlag.

„Möchtest du immer noch an dieser Lüge festhalten, Iris? Deine Reaktion ist mir nicht verborgen geblieben. Was würde dein Körper wohl mit dir anstellen, sobald ich dich richtig anfasse, mir nehme, was dermaßen verführerisch auf die leichteste Stimulanz reagiert?“

„Du bist unverschämt. Ich …“

Sie kam nicht mehr dazu, den Satz zu beenden, denn er umfasste ihre Kehle, der Halt genauso sanft, wie es sein Mund auf ihrer verräterischen Haut gewesen war.

„Ich spüre deinen Puls, der rast und flattert, höre wie gehetzt du atmest, fühle, dass du zur selben Zeit zitterst und schwitzt. Und wenn ich wollte, dann könnte ich dich jetzt küssen, um dich zu schmecken.“ Sein Daumen streichelte ihre Halsschlagader. „Und ich könnte viel weitergehen.“ Er kontrollierte sie mit seiner Stimme, die sie so sehr in den Bann zog, dass sie weder sprechen noch sich gegen ihn zur Wehr setzen konnte. Am allerschlimmsten war, dass sie unerschütterlich wusste, dass dieser Mann ihr alles zu geben vermochte, wonach sie sich bereits so schrecklich lange, unentdeckt von sich selbst, sehnte. Sollte sie sich auf Tom einlassen, würde sie sich in seinen Armen verlieren. Doch das durfte niemals geschehen, nicht jetzt und auch nicht, wenn sie die Steuerprüfung beendet hatte. Sollte jemand herausfinden, dass sie Sex mit einem Klienten hatte …

„Bitte nimm deine Hand von mir.“

Bitte küss mich.

Er richtete sich auf, ließ sie los und trat von ihr zurück. „Wie du willst. Obwohl wir beide wissen, dass du in Wahrheit etwas ganz anderes begehrst.“

„Wo ist das Bad?“ Ihre Haut fühlte sich plötzlich zu eng an und sie musste sich unter Kontrolle bringen.

„Die dritte Tür auf der linken Seite“, sagte er äußerst belustigt.

Sie rannte beinahe aus dem Raum und es war ihr egal, was Tom von ihr dachte. Anscheinend konnte er sie lesen wie ein Buch, ein Buch, das sie nicht verstand. Denn es war offenbar in einer Sprache geschrieben, die nur dieser verfluchte, dreiste, traumhafte Kerl lesen konnte. Sie hätte ihn in seine Schranken weisen müssen, stattdessen hatte sie es genossen, dass er sie berührt, mit ihr geflirtet hatte, und sie wünschte sich, dass er sie geküsst hätte. Ihr innerer Aufruhr entsetzte Iris. Sie stürmte den Gang entlang, ohne nach rechts oder links zu schauen, und wäre beinahe an der Badezimmertür vorbeigehastet. Sie öffnete die Tür, trat ein und lehnte sich mit dem Rücken dagegen. Mist! Ihre Hände zitterten, zudem boten ihre Beine ihr kaum Halt, als sie zum Waschbecken lief. Was stellte dieser Mann nur mit ihr an? Sobald sie in den Spiegel sah, bemerkte sie ihre erhitzten Wangen, die aber nichts im Vergleich zu der Hitze darstellten, die sie zwischen ihren Schenkeln fühlte. Sie musste diesem Zustand sofort ein Ende bereiten. Ja, sie wollte Tom, doch es durfte nicht sein.

Um sich abzulenken, betrachtete sie das geschmackvoll eingerichtete Badezimmer. Der Boden bestand aus einem schwarz-weißen Mosaik und als sie genauer hinsah, bemerkte sie, dass es eine Feder war. Iris zog sich die Jacke aus und deponierte sie über dem Badewannenrand. Dann schnappte sie sich eines von den kleinen Handtüchern, die gefaltet auf der Ablage lagen, hielt es unter kaltes Wasser, wrang es aus und legte es sich auf den Nacken. Die Kühle half ihr, sich zu beruhigen.

Sie musste professionell an die ganze Sache herangehen, so wie sie es immer tat. Tom war nur ein Mann, wie so viele, die sie vor ihm kennengelernt hatte. Doch sie glaubte den eigenen Gedanken nicht, weil sie bis jetzt niemanden Vergleichbares getroffen hatte. Sie würde ihm beweisen, dass sie nicht zu haben war, selbst von ihm nicht. Nach einigen Minuten hatte sie sich so weit beruhigt, dass sie sich traute, sich zurück an ihren Arbeitsplatz zu begeben, um dort ihren Job schnell und effizient zu erledigen. Sie lief Richtung Arbeitszimmer und bemerkte die offen stehende Tür. Mist, sie hatte ihre Jacke vergessen. Doch ehe sie sich umdrehen konnte, donnerte der Anblick des Raumes auf sie wie der Hammer von Thor. Jetzt wusste sie, was der *Federzirkel* war und wieso die Eigentümer Peitschen, Fesseln und Gerten als absetzbare Positionen aufgeführt hatten. Als würde eine unsichtbare Macht sie in den Raum ziehen, ging sie hinein in den Sündenpfuhl, der Moira verjagt hatte. Der *Federzirkel* war ein BDSM-Club und der Raum war eine Sünde, die Iris nicht in die Flucht schlug, sondern sie in ihren Bann zog.

War Tom ein dominanter Mann, der seine Partnerin dazu zwang, auf dem Boden herumzukriechen, obendrein seine Stiefel abzulecken? Der Gedanke wirkte gleich einer kalten Dusche, im Gegensatz zu der stilvollen überwältigenden Einrichtung des Dungeons – eines überaus geschmackvollen Folterkellers. Sie starrte auf das helle Interieur, auf die elektrischen Fackeln, die offensichtlich handgefertigten Kreuze, Bänke und Tische und das frisch abgeschliffene Parkett. Es war Zeit, aus diesem Raum zu verschwinden, ehe Tom sie beim Herumschnüffeln erwischte und sie zur Strafe über diese hohe Bank dort hinten beugte, um ihr …

Oder hatte er mit Absicht die Tür geöffnet? Sie würde sich nicht anmerken lassen, dass sie auf sein Spielchen reingefallen war. Iris wirbelte herum und ihr entfuhr ein Schrei, weil er direkt vor ihr aufragte. Er war so verflucht groß und seine braunen Augen funkelten nicht belustigt, sondern mit der Intensität eines Jägers, der seine Beute genau dort hatte, wo er sie haben wollte. *Schachmatt, Iris!* Und es war aufregend, sein Fang zu sein! Sie setzte instinktiv einen Schritt rückwärts, doch er folgte ihr, während er nicht für eine Sekunde den heißen Blickkontakt unterbrach. Warum schwankte der Boden unter ihren Füßen? Sie wich vor ihm zurück und seine gesamte Körperhaltung strömte eine wilde Gefahr aus, die ihren Herzschlag derart beschleunigte, dass er wie Donner in ihren Ohren dröhnte. Die Luft schien vor sexueller Anspannung vor ihren Augen zu flimmern. Sie wusste, dass er sie haben wollte und sich ihren Körper nehmen würde. Doch auf welche Weise? Nein, sie würde nicht in seinem Bett landen, sondern auf einem dieser Möbelstücke, die diesen eleganten Sündenpfuhl zierten.

Aber war sie bereit zu ertragen, was er im Sinn hatte? Bis zu diesem Moment hatte sie sich noch nie vorgestellt, sich einem Mann sexuell zu unterwerfen, der ihr beim Sex Schmerzen zufügte, sie fesselte, um ihr aufregende Dinge anzutun. Der Gedanke setzte sich in ihrem Kopf fest und ihr Geschlecht reagierte lustvoll. Ihr Höschen war nass und ihre verdammten Nippel drängten gegen das Top. Und es blieb ihm nicht verborgen, denn er starrte ihr direkt auf den Busen, dermaßen besitzergreifend, dass es ihr die Sprache verschlug und sie ihm nichts entgegensetzen konnte, obwohl ihr Gehirn die Worte formte.

Ihr verräterischer Körper schürte ihre Wut, indem er einfach tat, was er wollte, als wäre sie ein devotes Spielzeug – sein devotes Spielzeug. Sie wich immer weiter vor ihm zurück, bis es kein Entkommen mehr gab und etwas Hartes ihre sinnlose Flucht beendete. Ihr Po prallte dagegen und gleichzeitig umfasste er ihre Oberarme mit seinen unglaublich großen Händen, die es gewohnt waren zuzupacken. Und auch zuzuschlagen? Auf ihren Po! Die Vorstellung war eine feurige Versuchung, die allerdings nicht mit ihrem Intellekt vereinbar schien.

Sie musste sofort raus aus diesem Sündenpfuhl, ehe sie etwas tat, das sie ihr restliches Leben bereuen würde. Das war zumindest der Gedanke, der ihr logisch erschien, doch in Wahrheit wusste ein nicht unerheblicher Teil von ihr, dass sie es bedauern würde, wenn sie nicht genau an diesem Ort blieb und Tom erlaubte, sie zu unterwerfen. Wie würde es sein, einmal die Kontrolle an jemanden abzugeben, der so kompetent, zudem unglaublich ruchlos wirkte wie er? Niemand müsste es erfahren.

Er grinste sie dermaßen frech und überlegen an, dass sich ihre Haare wie bei einem Stachelschwein aufstellen würden, falls sie es nur könnten.

„Trägst du eigentlich ein Höschen, Schiava? Oder bist du nackt unter dem Rock und spürst deine feuchten Schamlippen, die ein Beweis deiner Erregung sind, die dir so deutlich ins Gesicht geschrieben steht."

Das war zu viel!

„Das …!" Sie nahm mehrere zitternde Atemzüge, während er gelassen wartete, bis sie weitersprach. Er stand ruhig vor ihr, unterdessen sie so stark bebte, dass sie kaum stehen konnte. Aber das war nicht von Belang, da er sie festhielt. „Das wirst du niemals herausfinden. Du … du Gorilla. Such dir doch ein brünstiges Affenweibchen, das kannst du dann besteigen. Von hinten!"

Seine blonden Augenbrauen kletterten millimeterweise nach oben. Scheiße! Sein Gesicht schien wie aus Stein gemeißelt, sein Blick allerdings … Sie hatte nicht gewusst, dass braune Augen derart siedend heiß sein konnten. Es gab kein Entkommen für sie, das las sie klar in den Tiefen seiner Iriden. Er würde sie für ihre Worte bestrafen, für jede einzelne Silbe, bis ihr Körper in Flammen stand und sie keine Seele mehr besaß, die verbrannt werden konnte.

Kapitel 4

Die kleine Mrs Unantastbar war genau dort, wo er sie haben wollte. Und wie sie bebte! Ihre Nippel pressten sich gegen das dünne Top und ihre Erregung stand ihr klar auf das ovale Gesicht geschrieben. Tom konnte und wollte jetzt nicht nachgeben. Er würde sie bestrafen und dafür sorgen, dass er an ihr Inneres herankam, jedoch ohne ihr zu schaden.

„Weißt du, was ich bin, Iris?"

„Ein arroganter Gockel?"

Er erhöhte den Druck seiner Finger, grub sie in die zarte Haut ihrer Oberarme, bis sie keuchte.

„Deine Beleidigungen kommen dich teuer zu stehen. Doch das ahnst du bereits und du forderst mich mit voller Absicht heraus, damit ich dir gebe, was du dich niemals getraut hast auszusprechen."

Sie öffnete den Mund, um ihm zu widersprechen, jedoch beugte er sich zu ihr herunter und küsste sie ganz zart, sodass sich ihre Lippen kaum berührten. Iris atmete schnell, als wäre sie gesprintet. Tom wusste, dass das, was in ihrem Körper und in ihrem Verstand vorging, durchaus mit einem erschöpfenden Lauf gleichzog.

„Du willst einen Mann, der dich beim Sex dominiert, der dich auf eine Weise nimmt, bei der du nicht mehr stark sein brauchst. Der hinter deine Fassade blickt und das Entdeckte liebt und respektiert, nicht bei der wunderschönen Hülle verweilt, sondern herausfindet, wer du wirklich bist."

Purer Schock starrte ihm entgegen und er sah, wie sie sich abmühte, ihm etwas Kontroverses entgegenzuschleudern, doch ihr versagte die Stimme und auch der Verstand. Tom wollte ihr keine Gelegenheit geben, auf seine Taten zu reagieren, daher wirbelte er sie herum, hob sie an den Hüften hoch und warf sie bäuchlings über die Längsseite der in der Höhe verstellbaren gepolsterten Bank. Ihr entfuhr ein entsetztes Quietschen, das er in seinem

Schwanz spürte. Er freute sich bereits jetzt auf ihre Schreie, denn schreien würde sie, das würde er sicherstellen. Aber danach würde er ihr mindestens zwei Orgasmen entlocken, die sie nicht leise durchleben würde. Ehe sie es schaffte, sich mit den Armen hochzustemmen, hatte er einen Gurt über ihrer Taille befestigt, zog ihn an, sodass sie nicht herunterspringen konnte. Er stand dicht hinter ihr, verhinderte durch seinen Körper, dass sie ihn trat, und presste aus reiner Gier seinen harten Schwanz gegen ihren entzückenden Po. Sie stieß ein wutentbranntes Geräusch aus, doch anstatt ihn damit zu beeindrucken, steigerte es seine Lust an ihrer Unterwerfung. Er hatte die dominante Position inne – nicht Iris. Tom rieb sich an der verführerischen Rundung, die nachgiebig blieb, egal wie sehr sie sich versteifte.

Sie keuchte auf, weil er mit den Händen unter ihr Top rutschte und ihren Rippenbogen umfasste. Ihre Haut war weich, so unglaublich zart und äußerst empfindlich. Er schob den dünnen Stoff nach oben, ließ seine Fingerkuppen federleicht über ihre Lendenwirbel gleiten. Sie stieß die angehaltene Luft aus und belohnte ihn mit einem Erschaudern. Nein, die Kleine spürte weder Entsetzen noch Abscheu. Er beugte sich über sie, sodass er ihren Nacken mit den Lippen streifen konnte. Tief atmete er ihren kaum wahrnehmbaren Rosenduft ein.

„Bitte nicht“, wisperte sie.

„Ich fürchte, diesem Wunsch kann ich nicht Folge leisten, weil du in Wahrheit nicht möchtest, dass ich dich an den Schreibtisch lasse, ohne dass ich zu Ende führe, was ich begonnen habe. Für heute hast du dich genug hinter deinen Zahlen versteckt.“ Er erlaubte sich ein leises Lachen und wusste, wie herausfordernd es sich für Iris anhörte. „Du vermagst dir selber diesmal nicht zu entkommen. Ich erlaube es nicht.“ Er trat von ihr zurück, stellte sich neben sie und zog ihr mit einem Ruck das Top aus.

„Du willst mich vergewaltigen!“, würgte sie hervor, obwohl sie genau wusste, dass er keine Vergewaltigung im Sinn hatte.

Sie wollte sich trotz des Gurtes hochstemmen und er legte eine Hand zwischen ihre Schulterblätter und drückte sie nach unten.

„Iris, sosehr ich dich auch ficken möchte, mein Schwanz bleibt dort, wo er ist, es sei denn, du bittest mich auf den Knien darum, dich zu nehmen."

Anscheinend empfand sie seine Worte als so ungeheuerlich, dass sich ihr ganzer Körper versteifte. Er nutzte die Gelegenheit, um erst den Verschluss ihres BHs zu lösen, ihr anschließend die Träger über die Schultern zu streifen. Leider verwehrte ihm ihre Position den Anblick ihrer Brüste, doch das würde er später nachholen. Er zog das hübsche Stück Spitzenstoff unter ihr hervor. „Hast du diesen sündigen Fetzen extra für mich angezogen?"

„Du bist durchgeknallt, Tom Barber."

„Du hast ja keine Ahnung, Schiava. Zudem wirst du lernen, dass es manchmal besser ist, den Mund zu halten, es sei denn, man ist bereit, mögliche Auswirkungen zu ertragen. Ungebührliches Betragen hat bei mir ausnahmslos Konsequenzen. Ich fessele jetzt deine Handgelenke. Bitte gib sie mir freiwillig. Aber solltest du dich widersetzen, erzwinge ich deinen Gehorsam, ohne auch nur eine Sekunde darüber nachzudenken." Tom packte in ihr Haar und zog ihren Kopf so weit hoch, bis er in ihre Augen sehen konnte.

Fick dich!, schrie ihm ihr Blick entgegen.

„Wir finden heraus, ob deine Augen mir gleich eine ganz andere Geschichte erzählen, kleine Sub, nachdem wir gemeinsam die Abgründe von erotischem Schmerz ergründet haben."

Sie versuchte, ihn mit ihrem Blick zu ermorden, zu sezieren, zu filetieren. Zu seiner Überraschung verblieb sie stumm, auch wenn es sie eine Menge kostete, das zeigte ihm ihr deutlich sichtbares Beben. Vielleicht verspürte sie Angst vor den eigenen Worten, dass sie sie entlarven könnten, weil sie zu zornig, obendrein überrumpelt war, um logisch zu agieren.

Er nahm ihre rechte Hand, die winzig in seiner lag. Hände waren ein Spiegel der Emotionen und sagten viel aus. Iris‘ Finger waren verkrampft, doch in dem Moment, als er ihre Hand mit seiner umfasste, entkrampfte sie kaum merklich die einzelnen Glieder des fragilen Gebildes. Er wartete, bis sie weiter nachgab. Und sie tat es! Tom wusste, dass in ihrem Verstand ein Chaos herrschte, der sich deutlich auf ihrem bebenden Körper zeigte.

Er nahm eine der ledernen Manschetten, die an der Seite der Bank hingen, und umschloss ihr Handgelenk, danach tat er dasselbe mit ihrem linken Arm. Er prüfte, ob sie nicht zu stramm saßen. Es waren schmale Manschetten mit einer weichen Unterfütterung, genau richtig für das erste Mal. Die Seile, an denen sie sich befanden, waren mit Schnellverschlüssen versehen. John legte Wert auf hochwertige, aber vor allem sichere Materialien, so wie alle Maestros des *Federzirkels.* Er ließ ihr den geringen Spielraum, doch der Effekt zeigte sich deutlich in ihrer beschleunigten Atmung. Gefesselt zu sein war sehr intim, etwas, das Iris gerade realisierte.

„Ich ziehe dir jetzt den Rock aus, Kleines.“ Er streichelte ihr über den Rücken, öffnete den Knopf und zog ihr den engen Rock über die Hüften. Sie stieß erschreckt den Atem aus. Das weiße Spitzenhöschen betonte ihren wunderbaren Arsch. Iris war nicht mager wie ein Haute-Couture-Modell und auch nicht groß genug, sondern sie hatte die perfekte Figur, um die Innenseite eines Spindes zu schmücken. Halterlose Strümpfe zierten ihre Beine.

„Mal sehen, ob du bereits feucht für mich bist, Schiava.“ Das italienische Wort für Sklavin war so viel klangvoller. Er schob die Hand unter den dünnen Stoff und fasste ihr unverblümt zwischen die Schenkel. „Eine ehrliche Antwort, die dein Körper mir gibt. Du bist klatschnass.“

„Du verfluchter Scheißkerl!“

Er zog ihr das Höschen aus und biss ihr in den Po, lachte laut auf, weil sie einen empörten Schrei ausstieß. Die Kleine war noch weit davon entfernt, sich ihm zu unterwerfen. Doch schlussendlich würde sie es tun.

Er lief um die Bank herum und blieb am Kopfende stehen. „Von jetzt an bis zum Ende der Session wirst du mich *Maestro* nennen.“

Tom brauchte seine ganze Willensanstrengung, um bei ihrem Gesichtsausdruck nicht in ein lautes Lachen auszubrechen. Er gab es vor sich selbst zu, dass er sie absichtlich reizte.

„Du hast deinen Standpunkt deutlich gemacht. Binde mich sofort los, du Irrer. Ich weiß nicht, was mit mir los ist. Wie konnte ich es zulassen, dich sogar dazu zu ermuntern?“ Sie zog an den Fesseln, schrie und fluchte, während er sie geduldig musterte, bis sie resigniert aufgab.

„Ist dein kleiner Anfall beendet? Oder soll ich mir einen Stuhl sowie ein Buch holen? Ich nehme mir die nötige Zeit, die bei dir erforderlich ist, egal wie lange es dauert. Du bleibst auf der Bank, bis du nachgibst.“

Ihre blauen Augen verdunkelten sich dermaßen, dass nächtliche Gewitterwolken im Vergleich hell wirkten. Er streichelte ihre Wange und legte anschließend die Handfläche dagegen. Sie musste seine Berührung ertragen und sie tat es mit Stolz. Zog er ihre Situation in Betracht, war es kein leichtes Unterfangen.

Iris konnte nicht glauben, dass sie nackt vor einem fast fremden Kerl über einem Scheißfoltergerät lag, obendrein keine Ahnung hatte, wie das Ganze eigentlich passiert war. Und vor allem konnte sie nicht begreifen, wieso ihr Körper sie dermaßen im Stich ließ und mit einer Begierde reagierte, die sie niemals zuvor derart intensiv gespürt hatte, ohne dass ein Mann sie an den richtigen Stellen stimulierte.

Maestro! Als ob sie jemals einen Typen so nennen würde! Er war größenwahnsinnig, ruchlos, besaß das Gewissen eines Orks und war so unglaublich sexy. Er stand still wie eine Statue vor ihr, zeigte keine Gefühlsregung, wenn man von der Erektion absah, die gegen seine Jeans presste. Wow, was da den Stoff seiner Hose wölbte, war genauso groß wie der Rest von ihm.

Es war ein Schock für sie gewesen, was mit ihr psychisch und physisch geschehen war, sobald er ihre Handgelenke gefesselt hatte, umso mehr, weil sie sich nicht gewehrt hatte. Erregung hatte sie gepackt und ein seltsames Begehren, als hätte sie diesen Zustand der Hilflosigkeit bereits sehr lange herbeigesehnt. Die Fesselung fachte diese bizarre Anziehungskraft, die er seit der ersten Sekunde auf sie ausübte, weiter an.

Angst, Erregung, Stolz und Neugierde kämpften in ihrem Verstand um die Vorherrschaft. Sie war in ihrem ganzen Leben noch nie so durcheinander gewesen. Und am verwirrendsten war, dass sie zwar Furcht verspürte, aber nicht vor Tom, sondern vielmehr vor sich selbst. Er plante nicht, sie zu vergewaltigen, ihr Gewalt antun, um ihr zu schaden, dazu war er zu gefasst. Doch sie hatte keine Ahnung, was genau er vorhatte. Würde er sie schlagen, ihr den Po versohlen? Und zu allem Überfluss begehrte sie genau das: Lustschmerz jenseits ihrer Vorstellungskraft.

„Soll ich dich losbinden? Oder möchtest du, dass ich die verborgene Schönheit deiner devoten Natur entblättere wie bei einer Blume, die ihre wahren Schätze im Inneren bewahrt?“

Solch poetische Worte von einem Scheißwikinger! Sie verblieb zwar stumm, doch sie starrte ihn wutentbrannt an. Er lächelte sie an, mit einer Ruhe, die in ihr den Wunsch weckte zu brüllen, bis ihre Stimme versagte.

„Gib dich mir hin, Iris. Ich verspreche dir, dass es dir gefallen wird, da du dich zum ersten Mal nicht hinter deinem Aussehen verstecken kannst. Das lass ich nicht zu. Ich verlange zu sehen, wie du wirklich bist.“

Warum half ihr niemand? Weshalb verlangte sie nicht, dass er sie gehen ließ?

Weil du ihm zutraust, dass er genau das bei dir erreicht, was du dir schon immer ersehnt hast! Kein Kerl hat sich bis jetzt die Mühe gemacht, hinter deine Fassade zu blicken. Nein, nicht nur hinter die Fassade zu blicken, sondern Stein um Stein einzureißen, bis das Innere freiliegt.

Und wie ihr gieriges Geschlecht pulsierte! Als ob ihr eigener Körper sie verhöhnte, zudem mit Tom ein Bündnis einging, ohne sie um ihre Einwilligung zu bitten. Inzwischen umfasste er ihr Gesicht, die Berührung so zärtlich, umso mehr, da es einen Kontrast zu der Situation darstellte, in die er sie gebracht hatte.

„Verdammt! Tu es … du Ausgeburt des Teufels. Schlag mich doch.“

Kaum hatten die Worte ihren Mund verlassen, wünschte Iris sich, dass sie jede Silbe zurücknehmen könnte. Er wollte ihre Unterwerfung? Die konnte er haben, aber sie würde es ihm nicht leicht machen. „So einfach wirst du mich nicht brechen, Tom Barber. Meine Hingabe musst du dir verdienen.“

Er sah sie dermaßen verblüfft an, dass sie sich ein fieses Lachen nicht verkneifen konnte. Das erstarrte ihr allerdings in der Kehle, denn die Glut, die ihr plötzlich aus seinen Augen entgegenloderte, verbrannte ihr kurzes Aufbegehren. Das war kein Samt, sondern glühende Höllenfeuer, die sie anstarrten. Er verblieb stumm, ging stattdessen zu einem Sideboard, zog eine Schublade auf und wählte in aller Seelenruhe ein paar Utensilien aus. Sein Körper verbarg seine Auswahl, doch seine Haltung versprach nichts Gutes. Er drehte sich um und sein wölfisches Lächeln veranlasste sie, gleichzeitig zu schwitzen und zu frieren. Tom behielt die Hände hinter seinem Rücken, während er unendlich langsam auf sie zuschritt, dabei nicht für eine Sekunde seinen eindringlichen Blick von ihr nahm.

Er beherrschte dieses Spiel bis zur Perfektion, sie dagegen befand sich in einem derart aufgelösten Zustand, der sie ihren Körper bis zu den Zehenspitzen fühlen ließ. Sie war nicht die Regisseurin in diesem Stück, sondern er. Ihr Blut summte durch ihre Adern und jede seiner Handlungen berauschte ihren Verstand.

„Du denkst zu sehr nach, meine wunderschöne Iris. Doch du wirst gleich damit aufhören“, sagte er mit einer endgültig klingenden Sicherheit. Tom stellte sich hinter sie und es machte sie schier verrückt, dass sie nicht wusste, was er vorhatte. Hatte er einen Rohrstock geholt, um sie windelweich zu prügeln?

Sie verkrampfte sich und erwartete den Schmerz, einen Schmerz, den sie sich nicht vorzustellen vermochte. Stattdessen hörte sie zuerst ein klickendes Geräusch, danach eines, als würde er sich die Hände eincremen.

„Wehr dich nicht dagegen, dann ist es leichter für dich."

Was?

Und schon schob er einen Finger in ihren Anus, der so gut eingefettet war, dass er mühelos den engen Ring durchbrach. Anstatt Schmerz und Widerwillen zu spüren, war das Gefühl erregend. Wie konnte er nur! Mit allem hatte sie gerechnet, aber nicht, dass er sie an dieser ungehörigen Stelle berühren würde.

„Du mieses Schwein!" Ihre Stimme überschlug sich, allerdings ließ er sich nicht von dieser entwürdigenden Tat abhalten. Sie versuchte, ihr Becken zu bewegen, doch es nutzte ihr wenig, stattdessen strömte dieser eigenartig angenehme Reiz durch ihren Schoß. Er schob den Finger ganz hinein und gleichzeitig fasste er mit der anderen Hand zwischen ihre Schenkel. Tom fand auf Anhieb ihre Klitoris und massierte sie, während er den Finger in ihrem Po hin und her bewegte. Die Stimulationen vermischten sich und das, was sie als schrecklich empfinden wollte, entpuppte sich als ausgesprochen erotisch. Sie spürte den in ihrem Po steckenden Finger in ihrem gesamten Unterleib, aber vor allem in ihrer Lustperle.

„Nenn mir Paragraf neunzehn des Steuerrechts."

Was? Sie konnte sich mittlerweile kaum an den eigenen Namen erinnern. „Das ist nicht dein Ernst."

Er schnalzte mit der Zunge. „Mir scheint, dein scharfer Verstand lässt sekündlich nach. Und wie überaus willig du dich inzwischen zeigst. Du bist so nass, deine Klitoris dermaßen geschwollen und ich wette, du möchtest, dass ich dich sofort zum Orgasmus bringe."

Ihre Wangen brannten vor Scham, denn unbewusst hatte sie ihre Schenkel gespreizt, um ihm besseren Zugriff zu erlauben. Sie stand kurz vor einem Höhepunkt! Wie ungemein peinlich, dass er die Kontrolle über ihren Körper mit Leichtigkeit übernahm. Mittlerweile war ihr alles egal. Sie wollte nur eines - dass dieses schrecklich drängende Gefühl endlich aufhörte. Geschickt umkreiste er ihre Perle, ohne sie kommen zu lassen. Sie presste die Lippen aufeinander, weil sie ihn beinahe angefleht hätte, ein wenig fester zu reiben. Noch einmal! Jedoch zog er seine Hand zurück und legte die Handfläche auf ihren Po. Zu ihrem Verdruss entwich ihr ein klägliches Wimmern. Langsam zog er den Finger aus ihrem Anus. Erneut hörte sie, wie er Gel verteilte, und dann drängte etwas gegen ihre intimste Stelle.

„Nein! Bitte, Maestro." Der Titel war ihr einfach über die Lippen gerutscht.

„Keine Sorge, mein Engel. Das ist der kleinste Analplug, den wir im *Federzirkel* haben, genau richtig für so einen jungfräulichen Bereich. Vertrau mir. Er hilft dir dabei loszulassen." Er lachte überaus fies. „Aber ich lasse dir sowieso keine Wahl. Bei dieser ersten Session gewähre ich dir kein Schlupfloch."

Erste Session? Er glaubte doch nicht ernsthaft, dass sie ihm jemals wieder erlauben würde, sie erneut zu unterwerfen!

Und ob du das tun wirst!, trällerte diese nervtötende Stimme aus ihrem Innersten. Tom schob das Sextoy langsam und vorsichtig hinein. Es brannte, war unangenehm, aber gleichzeitig so unglaublich anregend. Sie hatte niemals daran geglaubt, dass sie einen G-Punkt hatte, indessen der Plug ihn aufzuspüren und obendrein zu stimulieren schien, obwohl er in ihrem Anus steckte.

„Und Iris, dich zu brechen ist das Letzte, wonach mir der Sinn steht. Ich mag starke Frauen, die sich vor mir beugen, wenn ich es verlange, weil sie es wollen, die stolz genug sind, sich mir mit Freuden zu unterwerfen. Die es berauschend finden, sich mir hinzugeben, ganz so, wie ich es will, denn es entspricht dem, was sie insgeheim wollen." Er bewegte das Sextoy und das köstlichste Gefühl strömte durch ihren Schoß. Nie im Leben hatte sie erwartet, dass Tom bis zu dieser Körperstelle vordringen würde und sie gab zähneknirschend zu, dass sein überraschend verruchtes Vorgehen seinen Zweck erfüllte.

„Mir scheint, wir haben einen Ort in deinem Körper gefunden, der neu für dich ist." Seine Stimme war genauso dunkel wie seine Taten.

Er entfernte sich von ihr und sie verspürte auf einmal Angst, dass er sie allein ließ, jedoch hörte sie das Rauschen von Wasser und atmete erleichtert aus. Er wusch sich gründlich die Hände. Tom überließ nichts dem Zufall. Ihr Wohlergehen stand anscheinend an oberster Stelle. Doch ihr Magen flatterte nervös, weil er auch sein eigenes Vergnügen verfolgte, und er tat es nicht halbherzig.

Diesmal blieb er am Kopfende stehen, sobald er zu ihr zurückkehrte. Tom packte in ihr Haar und zog ihr den Kopf so weit in den Nacken, bis sich ihre Blicke kreuzten. Oh ja, er befriedigte offenbar Instinkte in sich, die so abgrundtief waren, dass Iris sie nicht verstand – noch nicht.

„Wie dicht warst du gerade an deinem Orgasmus, Schiava?"

Ihn anzulügen erschien sinnlos, denn er war ein erfahrener Maestro und offensichtlich wusste er ganz genau, wo sich ihre Lustzentren befanden und auch, was er tun musste, um an diese heranzukommen. Doch zuzugeben, dass er sie dermaßen leicht beeinflussen konnte, machte es ihr unendlich schwer, es auszusprechen. Er stand erneut wie eine verfluchte Statue vor ihr, sodass sie ahnte, dass er ihre Antwort bekommen würde, egal wie lange es dauerte.

„Sehr dicht. Hättest du meine … meine Klitoris noch zehn Sekunden länger stimuliert, wäre ich gekommen."

„Kommst du immer so schnell zur Klimax?"

„Nein, Tom."

Er erhöhte den Zug in ihrem Haar, bis es schmerzte, während er den stählernen Blick in sie bohrte. Gut, wenn er es so wollte.

„Nein, Maestro."

„Hat sich die Erde unter dir aufgetan, weil du mich mit diesem Titel anredest? Oder gefällt es dir insgeheim?" Er trat etwas dichter an sie heran. „Und, Iris, lüge mich nicht an!", flüsterte er so bedrohlich, dass ihr diesmal ein erwartungsvoller Schauder über die Wirbelsäule lief.

„Ich weiß nicht wieso, aber gerade da es Widerwillen in mir erweckt, dich so zu nennen, ist es auch erregend."

Anscheinend stellte ihn ihre Antwort zufrieden, denn er lockerte den Halt. Erleichtert holte sie Luft. „Während einer Session vereinfacht ein korrektes Verhalten ungemein die Rollenverteilung. Ich habe hier das Sagen, und nicht du. Da dies das erste Mal für dich ist, darfst du mich fragen, was du möchtest. Ich werde dir nicht untersagen zu sprechen. Doch ich reagiere nur wohlwollend auf dich, wenn du mich mit dem nötigen Respekt behandelst. Weitere *Toms* ziehen Bestrafungen nach sich – ausnahmslos."

Wie war es möglich, dass er sie dermaßen mit Worten erregte, erboste, herausforderte, aber zur selben Zeit besänftigte? Wenn Moira sie jetzt sehen könnte oder einer der anderen Mitarbeiter aus dem Büro! Ihnen würden die Augen aus dem Kopf fallen und Bob würde sie auf der Stelle feuern. Iris wusste, was man hinter ihrem Rücken tuschelte, dass sogar ein paar der Kollegen Wetten darauf abgeschlossen hatten, sie ins Bett zu kriegen. Doch niemand von ihnen glaubte an den Erfolg.

Tom ließ ihre Haare los und umfasste stattdessen ihr Gesicht. „Handlungen sind nur erniedrigend, sofern man sie als solche erachtet. Und du brauchst keine Angst zu haben, dass du meine Schuhe ablecken musst. Wenn du etwas leckst, dann wird es mein Schwanz sein."

Sie war jetzt nicht in der Lage, über seine Worte nachzudenken oder sich über sie zu erbosen.

Iris spürte, dass er sie loslassen wollte, aber sie brauchte die Berührung noch für einen Augenblick.

„Maestro!" Zu ihrer Erleichterung ließ er seine Hände an Ort und Stelle. „Wirst du mir sehr wehtun?"

Er machte sich nicht über ihre Frage lustig, sondern nahm sie ernst, das sah sie ihm deutlich an.

„Ja, ich werde dir sehr wehtun, weil es das ist, was du brauchst, schöne Blume."

Wirklich?

„Schmerz ist eine höchst intime Erfahrung und kann unglaublich aufregend sowie stimulierend sein. Ich werde deinem sexy Arsch ein erotisches Spanking schenken, doch es wird schmerzen, äußerst durchdringend sogar."

Wollte sie das?

„Aber …"

„Nein, kein Aber. Es ist unmöglich, sich hinter Schmerz zu verbergen, und die Qual, die ich dir gewähren werde, wird bittersüß sein. Einen Höhepunkt vorzutäuschen geht den meisten Frauen leicht von den Lippen, einem Maestro allerdings etwas vorzumachen, während er das Leid der Sub einfordert, das kein Verstecken, kein Zurückweichen oder Unehrlichkeit erlaubt, ist schlichtweg ausgeschlossen, sofern er sein Handwerk versteht. Ich verstehe mein Metier, Iris. Vertrau mir. Ich weiß, dass ich viel von dir verlange, jedoch verspreche ich dir, dass du es nicht bereust." Er lachte sinnlich. „Obwohl, in den Momenten, in denen der Schmerz dich durchdringt, wirst du es bereuen. Doch hinterher", er beugte sich herab und küsste sie auf den Mund, „ist der Genuss umso größer und er wird dich von innen heraus reinigen. Du trägst eine Menge Schmutz mit dir herum, verursacht von Idioten, die nur die schöne Blume gesehen haben, aber sich nicht die Mühe machten, bis in den Blütenkelch vorzudringen."

Und dann nahm er seine Hände fort. Er lief mehrere Male um die Bank, ließ sie ihre Hilflosigkeit stärker spüren. Tom berührte sie mehrmals dabei, streichelte mit den Fingerspitzen über ihre Haut, eine Haut, die sich so überempfindlich zeigte, dass es sich anfühlte, als wären seine Hände elektrisch aufgeladen. All die Strömungen sammelten sich zwischen ihren Schenkeln und ihren unglaublich geschwollenen Brustwarzen, die seine Berührungen herbeisehnten. Tom begann ihren Po zu reiben, die Muskeln zu massieren und jede Bewegung spürte sie in ihrem verbotenen Inneren, da der Plug die Reize aufnahm und so die köstlichen Schwingungen durch ihren Schoß pulsierten. Wollte er sie beruhigen? Was auch immer er mit der Massage bezweckte, sie entspannte sich, denn es tat unendlich gut, bis zu dem Moment, als seine Handfläche ohne Vorwarnung auf ihre rechte Pobacke schnellte. Der Schock war zunächst größer als die beißende Tortur. Ehe sie das fiese Brennen gänzlich übermannte, rieb er den Schmerz fort, bis ein angenehmer Nachhall verblieb. Das würde sie aushalten, ohne ihr Inneres zu entblättern!

Doch sie war eine Närrin, erkannte Iris in den nächsten Sekunden, denn mittlerweile knallte seine entsetzliche Hand in schneller Reihenfolge abwechselnd auf beide Backen. Bei der ersten Salve verkniff sie sich stur jeden Laut, was ihm ein überaus gemeines Schnauben entlockte.

„Versuch es ruhig, Schiava. Es wird dir nicht gelingen. Wir hören nicht eher auf, bis ich bekommen habe, worauf ich abziele, und das ist nicht weniger als deine Ehrlichkeit. Bittersüßer Schmerz …“

Und er hatte so verflucht recht. Ein Flammenmeer regnete auf sie herab und längst tropften Tränen ihre Wangen hinunter, während sie ihre Not in den Raum schrie, zuerst verhalten, doch schlussendlich schaffte sie es nicht mehr, ihr Leid zurückzuhalten.

Sie schluchzte so hart, dass sie zu ersticken drohte. Ihr konnte niemand erzählen, dass dies hier erregend war! Es war grauenvoll! Davon war sie zumindest überzeugt, bis er seine Handfläche auf ihren Po presste und die geschickten Finger seiner anderen Hand zwischen ihre Schamlippen schlüpften. Millimeterweise tastete er sich vor und dann berührte er ihren Lustpunkt, so unendlich sanft. Doch es fühlte sich an, als hätte er sehr fest darübergerieben.

„Jetzt bist du so erregt, wie es mir gefällt.“

Und wie überaus beschämend nass sie war! Er brauchte nicht in ihr Geschlecht mit dem Finger einzutauchen, um die Nässe zu verteilen, das hatte ihr Körper bereits für sie übernommen. So grausam leicht massierte er ihre Klitoris. Pulsierende Wellen breiteten sich aus, vermischten sich mit dem höllischen Inferno, das auf ihrem armen Po wütete, es ihr unmöglich machte, sich auf einen Sinnesreiz zu konzentrieren. Bittersüßer Schmerz! Eine passendere Beschreibung gab es nicht, um das zu erfassen, was sie gerade durchlitt. Er ließ kurz von ihr ab, tauschte den Finger mit dem Daumen aus.

„Bitte, Maestro." Sie wollte nur noch eines – eine nie da gewesene Erfüllung finden. Kein Mann hatte sie jemals betteln lassen und sie hätte es auch nicht getan. Doch Tom war so weit vorgedrungen, dass ihre Gier alles an Stolz oder Bedenken auslöschte. Ihr Verstand war leer gefegt, ersetzt von dem berauschenden Pochen zwischen ihren Schenkeln, das sich stetig ausbreitete. Er führte einen Finger ein und das erweckte den Plug zu neuem Leben.

Grundgütiger!

Konnte sie vor Sehnsucht sterben? Vor unerfüllter Gier beinahe aus ihrer Haut kriechen? Alles vergessen, bis auf den Mann, unter dessen Gnade sie sich befand? Er war nicht nur in ihrer Pussy, ihrem Anus, sondern vor allem in ihrem Verstand. Tom hatte sie aus ihrer Hülle gedrängt und sie ahnte, er würde erst wieder gehen, wenn sie einen Zustand erreichte, den er für ausreichend hielt.

Er kreiste mit dem Daumen auf ihrer Perle, trieb sie höher mit der unerträglichen Stimulation, während die Haut auf ihrem Po so köstlich brannte. Sein Finger in ihrem Geschlecht vermischte sich mit dem Sextoy.

Sie konnte das nicht länger aushalten und sie flehte ihn an, vergaß jeglichen Stolz, alles, was zählte, war, dass sie endlich diesen verdammten Höhepunkt erreichte.

„Komm für mich, Kleines. Jetzt."

Er rieb etwas fester und sie verkrampfte ihre Hände zu Fäusten, kniff ihre Augen zu, als das Pulsieren sich wellenartig in ihrem Schoß ausbreitete. Sie war noch nie so heftig und erschütternd gekommen. Iris fühlte sich losgelöst und frei von allem, das sie jemals belastet hatte. Sie war Tom so nah wie keinem anderen Mann zuvor, ohne dass er sie fickte. Iris ließ los und als der Höhepunkt abebbte, spürte sie, dass sie aus Ergriffenheit weinte.

„Wunderschön, Iris. Aber das reicht mir nicht. Der erste Orgasmus ist immer der leichteste."

Erster Orgasmus? Normalerweise drehte sie sich jetzt auf die Seite und schlief ein. Sie war am Ende ihrer Kräfte. „Mach mich los!" Oh Gott, was hatte sie getan? Was hatte sie zugelassen?

Er zog seine Hand zurück, die stattdessen auf ihren verflucht schmerzenden Po klatschte. „Was war das?"

Iris zog an den Fesseln, aber das brachte ihr nur erneute Treffer seiner Handfläche ein. In diesem Moment hasste sie ihn, denn jetzt fühlte sie sich nicht nur hilflos, sondern sich ihm mit Haut und Haaren ausgeliefert.

„Das ist sinnlos, Iris. Dein Arsch ist zwar rot, doch du kannst und du wirst ein weiteres Spanking aushalten, während ich dich stimuliere. Zuerst möchte ich, dass du ein paar Schlucke trinkst, ehe ich dich wie das ungezogene Gör bestrafe, das du gerade bist."

Tom lief zu dem Sideboard und kehrte mit einem Becher, in dem ein Strohhalm steckte, zu ihr zurück. Er trat vor sie und hockte sich hin, sodass er in ihr Gesicht sehen konnte. Seine Augen strahlten eine Wärme aus, die sich auf direktem Weg in ihr Herz stahl.

Nein! Das war unmöglich. Sie war einfach nur erschüttert von der eindringlichen Erfahrung und der ungewohnten Situation, in der sie sich befand. Sie durfte sich nicht in Tom Barber verlieben!

Er streichelte ihr die verschwitzten Haare aus der Stirn und hielt ihr das Getränk an die Lippen. Zuerst wollte sie stur die Erfrischung verweigern, doch was würde ihr das nutzen? Sie war unglaublich durstig. Außerdem konnte sie sich währenddessen erholen und ihre Sinne einsammeln, die sich irgendwo befinden mussten.

„Langsam", ermahnte er sie.

Es war verdünnter Apfelsaft und eigentlich sollte sie ihm sagen, dass er sich seine Besorgnis in seine blonden Haare schmieren könnte, stattdessen saugte sie nicht nur an dem Strohhalm, sondern seine Zuwendungen fanden ihren

Weg in ihre Seele, die sie absorbierte, ganz die einsame Frau, die sie war.

Tom sah es Iris an, als ihr Verstand anfing, alles zu analysieren, auseinanderzudröseln, und sie sich von ihm fortbewegte - ein normales Verhalten für Iris. Doch ein vernünftiger Dominanter ließ ein derartiges Betragen nicht zu. Aufmerksam betrachtet er das wunderschöne Wesen, das mit den Tränenspuren noch begehrenswerter erschien. Ihr Blick war klar, sie zitterte nicht und ihr Po zeigte eine Röte an, die er um einiges vertiefen könnte, ohne ihr zu schaden. Und genau das würde er tun. Er wollte sie mental so dicht an sich heranziehen, dass sie eine Einheit bildeten, die Iris nicht mehr so leicht auseinanderreißen konnte. Tom kontrollierte die Manschetten, ob sie nicht zu eng saßen oder ihre Haut aufschürften.

„Bitte mach mich los, Maestro."

„Nein, Kleines. Dein Verstand arbeitet auf Hochtouren und das sollte er nicht. Ich bin noch nicht fertig mit dir."

Sie biss so fest den Kiefer aufeinander, dass ihre Wangenmuskeln zuckten.

„Aber ich kann nicht zwei Mal hintereinander kommen, Maestro", wisperte sie kaum hörbar.

Tom hatte es bereits vorher gespürt, doch genau in diesem Moment wusste er, dass er sich verliebte, weil sie so unwiderstehlich süß und sexy war, mit einer Intensität, die er jahrelang vermisst hatte. Jetzt war er derjenige, der sich am liebsten verstecken würde.

„Ich kann dich dazu bringen, kleine Sub, und ich werde es mit Freuden tun, dabei jede Sekunde deiner Hingabe genießen, gerade weil sie widerwillig ist."

Sie warf ihm einen Blick ungetrübter Empörung zu. Auf einmal wollte er sie auf sich spüren, sodass die Bank ihm für sein weiteres Vorgehen unangebracht erschien. Es gierte ihn danach, sie über seine Schenkel zu legen, um ihr dort den Arsch zu versohlen. Er sehnte es herbei, dass sie sich wehrte, versuchte zu entkommen, damit er sie mit seiner Muskelkraft in Schach halten konnte. Und er wollte sie küssen! So sehr, dass er nicht länger zu widerstehen vermochte. Er stellte sich an ihre Seite, zog langsam den Analplug heraus und warf ihn in eine bereitstehende Edelstahlschale. Tom ging hinüber zum Waschbecken und wusch sich gründlich die Hände. Er lief zu ihr zurück und blieb an Kopfende stehen.

„Ich habe mich umentschieden. Nachdem ich dich losgebunden habe, gehst du zu der Couch hinüber und wartest dort kniend auf mich.“ Die Sofas und auch die Sessel waren Sonderanfertigungen und höher im Vergleich zu Standardsitzmöbeln. Verwirrt runzelte sie die Stirn, während er tief in diesem Buch mit dem Titel Iris eintauchte, obwohl er die Handlung der nächsten Seiten bereits kannte.

Er löste zuerst die Manschetten und massierte ihre Handgelenke, auf denen eine leichte Röte zu sehen war. Danach öffnete er den Taillengurt. Sie enttäuschte ihn nicht, in der Sekunde, in der sie frei war, sprang sie von der Bank, zwar nicht elegant, da ihre Muskeln nicht arbeiteten, wie sie es gewohnt war. Doch sie stand auf den Füßen und versuchte, ihm zu entkommen. Allerdings hatte Iris ihren instinktiven Fluchtplan nicht durchdacht, denn wo wollte sie in ihrem nackten Zustand hinlaufen? Der *Federzirkel* war einsam gelegen. Zudem war sie ihm körperlich weit unterlegen. Er ließ sie drei Schritte laufen, ehe er ihr nachsetzte, währenddessen er ihre höchst verführerischen, aufreizend wackelnden roten Arschbacken beobachtete.

„Ich hatte so gehofft, dass du versuchst, mir zu entkommen. Denn jetzt habe ich einen Grund, dich härter zu bestrafen, als ich ohnehin vorhatte.“ Als Pech für Iris erwies sich, dass ihre Beine so viel kürzer waren als seine und dass er früher mit Inbrunst Rugby gespielt hatte. Obwohl sie ansetzte, nach rechts auszuweichen, ahnte Tom es voraus und packte sie an der Taille. Sie quietschte entzückend, doch das nutzte ihr genauso wenig wie ihre wild um sich strampelnden Gliedmaßen. Hatte sie ihn gerade einen sexbesessenen Bonoboaffen genannt? Tom hob sie von den Füßen, erreichte in ein paar Schritten die Couch, wo er sie auf die Sitzfläche warf. Er war über ihr, ehe sie wusste, wie ihr geschah, griff in ihr Haar und gab endlich der Versuchung nach, sie richtig zu küssen, sie zu schmecken. Iris lag halb unter ihm und er berührte kaum mit seinen Lippen ihre, da gab sie nach und öffnete den Mund. Wie gut sie schmeckte! Sich anfühlte! Dass sie nackt war, während er komplett bekleidet war, trug zu ihrer gegenseitigen Erregung bei. Das spürte er deutlich, da sie sich ihm entgegendrängte, ihn mit ihrem ganzen Körper dazu aufforderte, sie zu ficken. So gern er dies jetzt auch tun würde, Tom dränge das Verlangen zurück. Zuerst musste er sie bestrafen, und zwar eindringlich. Er umfasste ihre rechte Brust und sie keuchte, sobald er den geschwollenen Nippel fest zwickte. Er küsste sie gründlich, bis sie wimmernd auf der Couch lag. Von wegen nur ein Orgasmus! Weil sie dermaßen frech war, würde er es nicht bei einem belassen.

„Bitte, Maestro. Ich will, dass du mich fickst", stieß sie hervor."

„Ich glaube, du musst ein wenig an deiner demütigen Haltung arbeiten, Schiava. Ein glühender Arsch wird dich nachdrücklich daran erinnern, solltest du gleich immer noch das Bedürfnis verspüren, mir Befehle erteilen zu wollen." Ihr Gesichtsausdruck entlockte ihm ein Lachen. Sie versuchte, ihn wegzudrücken, mit einem gegen Null tendierenden Erfolg. „Ich weiß, dass du es herbeisehnst, Iris. Du bist über alle Maßen erregt und auch wenn du es nicht zugeben willst, hat dich der Schmerz, den du gekostet hast, deinen Appetit auf das Hauptmenü geweckt. Und das werde ich dir jetzt servieren, einschließlich eines Desserts."

Sie kniff ihm in den Hintern, und zwar nicht leicht. Tom seufzte, während er sich aufrichtete, derweil nicht ihr Haar losließ und sie so zwang, seiner Bewegung zu folgen. In letzter Zeit hatte er ausnahmslos willige Subs gehabt, die sich ehrfürchtig über seinen Schoß gelegt hatten, doch die Gegenwehr von Iris machte ihm mehr Spaß, als sie es sollte. Sie stand bebend vor ihm und ihr Blick … so verflucht zornig, dass er glaubte, sein Schwanz würde noch weiter anschwellen, dabei erschien dieses als unmöglich. Er drehte ihr mit Leichtigkeit den Arm auf den Rücken und ließ sich auf das Sitzpolster fallen, während er sie über seinen Beinen drapierte wie ein unwiderstehliches lebendiges Geschenk. Sie war genau dort, wo sie seiner Meinung nach hingehörte. Da konnte sie so viel schreien und fluchen, wie sie wollte.

Er betrachtete ihren Arsch, die perfekten Rundungen, die im Moment vor Wut bebten. „Spreiz deine Beine für mich, Schiava. Sofort." Tom nutzte zum ersten Mal bei ihr diesen Tonfall, der eine erfahrene Sub vor Schreck erstarren ließ. Wie weit ging ihr Mut? Die devote Ader in ihr übernahm das Kommando, ehe sich ihr Verstand einschaltete. Sie spreizte die Schenkel und er tauchte mit den Fingern in ihre unverschämt nasse Pussy ein.

„Du hast die Wahl, Iris. Ich kann das Spanking erotisch für dich gestalten oder es wird eine reine Strafe. Ich lasse deinen Arm los und du wirst nicht versuchen zu entkommen, egal wie schlimm es wird. Solltest du allerdings nicht aufhören, dich so ungezogen zu verhalten, werde ich dich wahrhaftig züchtigen. Ich versichere dir, es wird dir nicht gefallen. Aber mir sehr. Überlege dir gut, wie du reagierst!"

Er wusste, dass diese willensstarke und unabhängige Frau, die in ihrem Beruf mit beiden Beinen fest auf der Erde stand, gerade ein Gefühlschaos erlitt, das ihr alles abverlangte. Doch ihre submissive Seite, die zwar noch unausgeprägt war, meldete sich in ihrem Inneren zu Wort, und jetzt, wo dieser Teil ihrer Persönlichkeit endlich eine Stimme hatte, würde diese Stimme nicht mehr so problemlos verstummen, sogar, falls Iris sie knebeln sollte.

„Antworte mir!" Er führte leichten Druck auf ihr Handgelenk aus.

Sie nahm einige hektische Atemzüge, ehe es ihr gelang zu sprechen. „Ich … ich wehre mich nicht, Maestro." Resigniert ließ sie den Kopf hängen und die Anspannung wich aus ihrem Körper, jetzt, wo sie sich mit ihrem Schicksal abfand.

„Sehr schön, Kleines." Er ließ ihr Gelenk los und begnügte sich zunächst damit, ihre Erregung zu steigern, was unverschämt schnell ging. Iris war dabei loszulassen und diesmal würde ihr Verstand nicht so leicht die Oberhand gewinnen, denn zu eindringlich war das, was er mit ihr tat. Tom drang mit zwei Fingern in ihr Geschlecht, fickte sie mit seiner Hand und stimulierte ihre geschwollene Klitoris, bis Iris sich auf ihm rekelte, keuchte, alles vergaß außer dem Höhepunkt, den sie so gern erreichen wollte.

Er erlaubte sich ein sadistisches Lächeln, denn so einfach machte er es dem frechen Wildfang nicht. Sie war so erfrischend, scherte sich einen Scheißdreck um irgendwelche Richtlinien, die so manche BDSM-Beziehung erstickten. Iris kannte die Gepflogenheiten von Dominanz und Unterwerfung nicht und im *Federzirkel* herrschten sowieso eigene Gesetze. Weder er noch die anderen Maestros begehrten devote Partnerinnen, die aus Angst eine Rolle einnahmen, die ihnen nicht entsprach. Tom liebte Impulsivität, denn gerade sie gab ihm Anlass, innovativ zu bestrafen. Mit der Zeit würde er Iris Regeln auferlegen und er hoffte, dass sie oft aufbegehrte.

Nein, er wollte kein furchtsames Mäuschen, er wollte eine ungezähmte Tigerin, die nach ihm schnappte, nur um sich anschließend an ihn zu schmiegen. Iris schmiegte sich in seine Berührungen. Jetzt war der Moment gekommen, einen neuen Reiz hinzuzufügen. Er ließ sie fast kommen und dann schnellte seine andere Hand auf ihren Arsch, so unerbittlich, dass ein deutlich sichtbarer Abdruck verblieb. Doch sie versuchte nicht, von seinen Knien zu entkommen, denn sosehr die Pein Iris schmerzte, ihre Gier war größer als die Angst vor dem bittersüßen Schmerz.

Iris klammerte sich mit beiden Händen an seiner Jeans fest. Sie fühlte sich, als wäre sie in der Hölle gelandet, aber zugleich auch im Himmel. Irgendwie schaffte sie es nicht, sich auf einen Reiz zu konzentrieren. Seine unerbittlichen

Finger stimulierten sie mehrere Male, bis sie beinahe einen Höhepunkt erreichte, nur um ihr die Erfüllung vorzuenthalten, stattdessen ihren Po in ein noch nie da gewesenes Flammenmeer zu tauchen. Sogar vor ihren Oberschenkeln machte er nicht Halt und jedes Mal, wenn er die Unterseite ihres Hinterns traf, schrie sie sich die Seele aus dem Leib. Zuerst versuchte sie, sich mental zu sperren, hinterfragte sich selbst, warum sie zuließ, dass ein Mann ihr den Po versohlte, und wieso es ihr so gut gefiel.

Sie verleugnete nicht, dass sein unerbittliches Vorgehen, gepaart mit einer süßen Gewalt, sie über alle Maßen anmachte. Denn sie wusste einfach, dass dieser Maestro ihr nicht schaden wollte. Ja, er empfand Lust bei dem, was er ihr antat, das spürte sie sehr deutlich unter sich, aber sein Hauptaugenmerk lag auf ihr. Er wollte ihr das größtmögliche Vergnügen schenken, auch wenn sie dazu durch eine brennende Hölle schreiten musste. Und sie durchschritt sie mit jedem Nerv, der sich in ihrem Leib befand. Je länger seine Handfläche auf ihren Po traf, desto schlimmer wurde das Brennen, doch eigenartigerweise verwandelte sich die feurige Qual in Ekstase, die sie zwang, ihren Körper immer mehr zu verlassen, obwohl sie ihn so überdeutlich spürte wie niemals zuvor.

Sie ließ seine Hose los, presste ihre Wange gegen sein Bein und hörte auf zu denken, dachte nicht über den nächsten Schlag nach, der sie treffen würde, und auch nicht darüber, dass der Schmerz sie berauschte. Er streichelte die heißen Rundungen, murmelte etwas, das sie nicht verstand. Die zärtliche Berührung tat so unendlich gut. Sanft massierte er ihren Kitzler und diesmal unterbrach er die köstliche Stimulation nicht. Sie fühlte sich, als würde sie nackt auf einer Wiese stehen, gestreichelt von einem Sommerwind, geküsst von der Sonne, unterdessen Schneeflocken auf ihre Haut rieselten. Zu viele gegensätzliche Reize strömten durch ihre Nervenbahnen, während sie sich bei Tom so sicher und geliebt fühlte wie niemals zuvor in ihrem Leben. Er hatte sie entblättert und behandelte das Gefundene mit Respekt. Seine Handlungen ließen keinen Raum für Beschämung oder innere Zweifel. Pulsierend breiteten sich die köstlichen Schwingungen aus, verkrampften ihre Muskeln und sie weinte, als sie kam, weil es so verflucht befreiend war, nur zu fühlen, ohne das Geringste zu hinterfragen, nur anzunehmen, was Tom ihr gab. Er rieb ihre Perle, bis die Wellen abklangen, nur um die Stimulation anschließend zu erhöhen.

Oh Gott! Es war nicht zum Aushalten! Ihr Leib dagegen belehrte sie eines Besseren, denn sie kam erneut, mit einer Heftigkeit, dass sie Sterne sah und die Welt sich um sie drehte.

Sie hing kraftlos über seinen Knien, während sie die Augen geschlossen hatte und dem Nachhall ihres Körpers lauschte.

„So unglaublich schön." Die Stimme von John Sullivan riss sie aus dem tranceartigen Zustand. Doch sie war zu erschöpft, um von Toms Beinen zu springen. Ein Lufthauch neben ihr kündigte sein Nähertreten an. Sollte sie sich nicht in Grund und Boden schämen? Das erschien zu anstrengend.

„Drehen wir sie um." Sie spürte Toms Hände an ihren Hüften und ein weiteres Paar an ihren Schultern. Sie kuschelte sich eng an Tom. John drapierte eine Decke um sie und hielt ihr den Becher mit dem verdünnten Saft an die Lippen. Sie war kaum fähig zu trinken.

„In einer halben Stunde ist das Abendessen fertig. Dean taut gerade das Stew auf." John strich ihr die Haare aus der Stirn, hinter denen sie sich versteckte. Sein Blick war so warm und verständnisvoll, dass sie von jetzt auf gleich in Tränen ausbrach, so heftig, dass es wehtat.

Tom presste sie dicht an sich.

„Du kommst klar, Tom?"

„Ja, sie ist nur überwältigt. Wir sehen uns beim Abendessen."

John sah sie intensiv an, nickte und verließ den Raum. Sie weinte niemals vor anderen, hasste Gefühlsausbrüche und doch tat ihr das Weinen so unglaublich gut, dass sie das ebenfalls nicht hinterfragte. Wozu auch? Es würde nichts an ihrem Verhalten ändern. Tom stützte sein Kinn auf ihrem Kopf ab und verblieb stumm, wartete geduldig, bis sie sich beruhigte. Er reichte ihr eine Tücherbox, die neben ihm auf einem Beistelltisch stand, und sie putzte sich die Nase. Oh Gott, was hatte sie getan? Sie versuchte, sich aus seiner Umarmung zu befreien, jedoch festigte Tom seinen Griff.

„Kämpft die unabhängige Steuerprüferin in dir abermals um die Vorherrschaft, Kleines? Zwing mich nicht, dich erneut zu bestrafen." Er umfasste ihr Kinn und sie versank in seinen Augen, die sie zwar sanft anblickten, denen es aber nicht an Dominanz fehlte.

Sie sank förmlich in sich zusammen, denn ihr Po würde zerbersten, wenn er nur noch einen einzigen Schlag ertragen musste. So wie er sich jetzt anfühlte, war er knallrot, und sie fürchtete, dieses würde für Stunden so bleiben. Der Maestro hatte hervorragende Arbeit geleistet.

„Wie fühlst du dich, Iris?" Er lächelte sie dermaßen warm an, dass ihr Herz sich in ein Scheunentor verwandelte, in das er fröhlich hineingaloppierte.

„Überwältigt und irgendwie leichter."

„Du weinst selten und wenn, dann nur im Schutz deiner eigenen vier Wände, wo es niemand mitbekommt. Ich danke dir, dass du mir deine Tränen anvertraut hast."

Langsam kehrte sie zurück in ihren Körper und sie wollte nach Hause, damit sie über ihre Gefühlswelt nachdenken konnte und was mit ihr geschehen war. „Ich fahre jetzt."

Tom runzelte die Stirn. „Nein, du bleibst über Nacht hier."

Er lockerte seinen Griff, sodass sie aufsprang, doch ihre Beine gaben unter ihr nach. Verflucht! Sie war so geschwächt, dass sie auf den Boden gestürzt wäre, hätte er sie nicht aufgefangen. „Darüber diskutiere ich nicht mit dir." In einer fließenden Bewegung stand er auf und hob sie hoch. „Du zitterst von den Nachwehen, brauchst eine Dusche und vor allem was zu essen, zudem jemanden, der die nächsten Stunden auf dich achtgibt. So läuft das nicht,

Iris. Nach einer Session bleibt eine Sub immer bei mir, bis ich sicher bin, dass sie allein bleiben kann." Der Wikinger schritt mit ihr zur Tür und sie ahnte, dass es keinen Sinn machte, ihm zu widersprechen oder gar sich zu wehren. Nach dem Abendessen würde sie sich ihre Sachen schnappen, in ihren Mini einsteigen und zu ihrem bewährten Hafen fahren, selbst, da ihr die Heimfahrt in diesem Moment wie eine unüberwindbare Hürde erschien.

Tom lief mit ihr die Treppe hinauf, hoch in den ersten Stock.

„Wo bringst du mich hin?"

„Ich habe ein Zimmer im *Federzirkel*. Wir arbeiten oft lange auf den Baustellen und es ist vorteilhaft, an manchen Abenden hier zu bleiben. Du kannst in meinem Bad duschen."

Danach würde es ihr bestimmt besser gehen. Und jetzt, wo sie sich beruhigt hatte, merkte sie, dass sie so ausgehungert war, als hätte sie hintereinander vier Bauch-Beine-Po-Kurse absolviert. Ihr entfuhr ein Kichern, denn einen Kurs für den Po hatte sie definitiv besucht. Wenn sie ehrlich war, stand sie kurz davor, in ein hysterisches Lachen auszubrechen. Anscheinend hatte ihr Verstand den ruhigen Zustand ihres Körpers bei Weitem nicht erreicht. Tom bog in einen Gang ein, von dem mehrere Türen abgingen. Er stoppte an der hintersten Tür auf der linken Seite. Sie war nur angelehnt und er stieß sie mit dem Fuß auf. Im angrenzenden Badezimmer stellte er sie auf die Füße.

„Kommst du zurecht? Oder soll ich dir helfen?"

Sie brauchte unbedingt ein paar Minuten für sich allein. Tom sah sie ernst an, schien ihr Bedürfnis zu spüren und versagte es ihr zu ihrer grenzenlosen Erleichterung nicht.

„Ich lass die Tür offen, sodass ich ein Auge auf dich habe. Solltest du dich unwohl fühlen, rufst du mich auf der Stelle! Es ist keine Schande, Hilfe anzunehmen, es ist nur eine Schande, sie abzuschlagen." Sein warmes Lächeln kehrte zurück. „Schließlich habe ich einen Blick in dein Innerstes geworfen, Iris. Und dort gibt es noch viel zu entdecken, verborgene Sehnsüchte hervorzuholen und alte Erinnerungen durch bessere zu ersetzen."

„Das darf sich nicht wiederholen, Tom."

Musste er ständig dermaßen tiefgründige Dinge von sich geben, die sie erschütterten? War er sich so sicher, dass sie zu ihm zurückkehren würde, dass er ihren Kommentar ignorierte? Ihre Karriere, verflucht, ihr ganzes Leben, wie sie es kannte, stand auf dem Spiel.

Er deutete auf einen Schrank, der neben der Walk-In-Dusche stand. „Dort findest du alles, was du benötigst, einschließlich neuer Zahnbürsten."

Eigenartigerweise fühlte sie sich von dieser Aussage unangenehm berührt, weil sie ihr aufzeigte, dass er auf weiblichen Besuch vorbereitet war. Die Eifersucht überfiel sie nicht leise, sondern mit tosendem Gebrüll, so stark, dass sie befürchtete, Tom sah es ihr an.

Ein weiteres Indiz, dass sie ihm verfallen war. Zu ihrer Erleichterung umfasste er ihre Wangen, küsste sie federleicht auf den Mund und verließ dann das Bad. Die Tür ließ er einen Spalt offen. Scheiße! Ihre Reaktion war ihm nicht verborgen geblieben. Die unnahbare Person, die sie vor wenigen Stunden gewesen war, erschien ihr im Moment so fern wie der Nordpol. Ihr Magen zog sich nervös zusammen, da sie realisierte, dass sie diese Person nicht mochte. Wenn es nach ihr ging, konnte diese in den eisigen Gefilden bleiben, bis zum Ende ihrer Tage.

Mist!

Iris machte den Schrank auf und betrachtete wütend den Inhalt – es gab sogar Einwegrasierer und Deospray für Damen! Sie war ja so was von aufgeschmissen! Ihre Eifersucht kochte erneut hoch und sie musste es zugeben – sie hatte sich vom Fleck weg in Tom Barber verliebt. Oder war es nur die Dominanz in ihm, die sie so anzog? Sie suchte sich ein Shampoo und ein Duschgel aus und stellte sich anschließend unter die Dusche. Als wollte sie sich selbst bestrafen, wartete sie nicht und nahm den zuerst eisigen Strahl in Kauf. Sie durfte sich nicht verlieben! Sobald sie wieder in ihrem Grübelturm war, würde sie jedes

Gefühl auseinandernehmen, sortieren, bis sie keine Gefahr mehr für sie darstellten. Und Tom würde seine Ausstrahlung einbüßen, die er nur dem Umstand verdankte, dass er sie dermaßen überrumpelt hatte.

Zum Glück fallen dir nicht vom Lügen die Haare aus. Dann wärst du deine Augenbrauen los!

Dennoch klammerte sie sich verzweifelt an diesem Lügengebilde fest, weil sie ansonsten in dem Strudel ihrer Gefühle zu ertrinken drohte. Sie zuckte zusammen, als das Wasser auf ihren geschundenen Po prallte. Der Schmerz drängte ihren Intellekt zurück. Sie lehnte sich mit der Stirn gegen den grau gesprenkelten Stein und genoss den Nachklang des überwältigenden Erlebnisses – bis zu dem Augenblick, als John an die Oberfläche ihres Verstandes sprang. Was hatte er mitbekommen? Wie lange hatte er sie beobachtet? Hatte er gesehen und vor allem gehört, wie sie gekommen war? Oh Gott! Hitze befiel sie, sodass ihr restlicher Körper der Temperatur ihres bemitleidenswerten Hinterns entsprach. Doch es schlängelte sich auch eine andere Emotion durch ihren Geist, die ihre Beschämung weit in den Schatten stellte. Der Gedanke, dass er sie betrachtet hatte, war so verflucht verführerisch, dass sie sich am liebsten an den Haaren gerissen hätte.

Wie wäre es, von zwei Männern dominiert zu werden? Sie schnappte sich das Duschgel und schäumte sich den Körper ein, aber egal, was sie berührte, alles reagierte überempfindlich. Tom hatte sie sehr gründlich genommen, obwohl er sie nicht gefickt hatte. Plötzlich fühlte sie sich schlecht, bis zu dem Moment, als seine Stimme ertönte. „Ist dein Verstand wieder an seinem Platz? Spül den Schaum ab und komm her zu mir." Und einfach so stoppten die Gedanken und Tom war alles, was ihre Gedankenwelt beanspruchte.

Nachdem sie das Wasser abgestellt hatte, lief sie zu ihm und er wickelte ein Handtuch um sie, reichte ihr ein zweites für ihre Haare, das sie wie einen Turban um ihren Kopf drapierte. Mit zwei Fingern hob er ihr Kinn an, bis sie ihm in die Augen sah. „Ein Schritt nach dem anderen, kleine Sub. Du wirst die verdrängte Iris nicht an einem Tag verstehen, dazu braucht es Zeit."

„Diese Zeit habe ich nicht, Tom. Sollte jemand rausfinden, dass ich …"

Tom legte den Finger auf ihre Lippen. „Ist deine Karriere alles für dich? Niemand erfährt, was zwischen uns geschehen ist. Was hinter den Mauern des *Federzirkels* geschieht, bleibt dort. Möchtest du uns nicht eine Chance geben?"

„So einfach ist das nicht."

„Doch, das ist es. Es herrscht eine besondere Anziehungskraft zwischen uns, das kannst du ebenso wenig verleugnen wie ich."

Ihnen eine Chance geben! Wenn sie es nur könnte.

Er trocknete sie ab, überraschte sie dabei, denn ihren Po tupfte er äußerst vorsichtig ab. Dieser Mann war ein Mysterium – einerseits verfolgte er unerbittlich sein Ziel, andererseits war er so liebevoll, umsichtig und zum Niederknien begehrenswert.

„Ich fürchte, du musst dich erneut über meinen Schoß legen", wisperte er und verhinderte mit einem Griff, dass sie zurückwich.

Tom verbiss sich ein Lachen, als die süßeste Sub, an die er jemals Hand gelegt hatte, ihn anstarrte, als hätte er ihr soeben mitgeteilt, sie solle sich mit Salz einschmieren und ein Ziegengehege betreten. „Freiwillig, Iris. Oder möchtest du, dass ich dich zwinge?" Und doch war er auch verletzt, dass sie von vorneherein beschlossen hatte, dass er es nicht wert war, einen zweiten Blick zu riskieren.

Sah sie ihn mit Absicht auf eine Weise an, die sein Inneres in Schwingungen versetzte? So stark, dass es sich auf seiner Haut kribbelnd ausbreitete? Er hatte vorhin ihre Eifersucht bemerkt und hatte überraschend freudig auf ihre Reaktion reagiert, hatte gehofft, dass sie ihn mochte. Diese Frau ging ihm nahe, wie keine andere jemals zuvor, und das, obwohl er sie noch nicht einmal gefickt hatte. Er legte ihr den Arm um die Schultern und anscheinend war sie schlichtweg zu erschöpft, um den geringsten Widerstand zu leisten. Sie folgte ihm ins Schlafzimmer und drapierte sich unaufgefordert über seine Knie, sobald er sich auf den Bettrand setzte. Ihr Vertrauen schlich sich in sein Herz, gesellte sich zu den Gefühlen, die er bereits dort verstaut hatte – ein Platz reserviert für dieses wunderbare Wesen.

„Äußerst gehorsam."

Sie versteifte sich, seufzte tief und kniff ihm in die Wade. Er klapste ihr sehr, sehr leicht auf den Hintern und sie quietschte zuckersüß.

„Ich möchte dir nur den Po eincremen, damit deine Haut sich schneller erholt und abkühlt." Das war aber nicht der einzige Grund. Tom wollte schlichtweg ihren herrlichen Arsch berühren, von dem er kaum die Finger lassen konnte. Er griff nach der Lotion, die er vorhin auf das Bett gelegt hatte. Nach dem ersten Zusammenzucken entspannte sie sich unter seinen Zuwendungen, er dagegen hatte schon wieder eine Erektion. Doch sein pochender Schwanz musste warten. Iris hatte heute genug an sich entdeckt, morgen jedoch würde er ihr weitere Facetten einer BDSM-Beziehung zeigen. Das schuldete sie ihm.

Und wenn sie dich nicht will?

Dann würde er so viel von ihr an sich reißen, wie es nur möglich war. So leicht kam sie nicht davon. Ihr Arsch leuchtete noch immer rot und es entlockte ihm ein Grinsen, das ganz seiner sadistischen Natur entsprach. Doch Tom benutzte selten etwas Härteres als eine Gerte, am liebsten verwendete er seine Hand oder einen Flogger, wenn er die Bestrafung auf andere Körperregionen ausweiten wollte. Er genoss mehr die Dynamik zwischen dem dominanten und dem devoten Part bei dem Spiel aus Dominanz und Unterwerfung. Iris zu unterwerfen, dabei ihr verstecktes Naturell hervorzulocken, hatte ihm besonders viel Spaß gemacht, vor allem weil sie unbedarft an ihn herangetreten war und so verflucht vertrauensvoll.

Er cremte ihr auch die Oberschenkel und den Rücken ein, bis sie entspannt über seinen Beinen hing und einzuschlafen drohte. „Dreh dich um, Kleines.“ Er musste ihr in die Augen sehen, sie küssen, in ihrem Blick ertrinken. Und er tat genau das, sobald sie ihn anschaute.

Sie legte die Arme um seinen Hals und presste sich so eng an ihn, dass er ihren Herzschlag spürte. Er hatte sich in Iris verliebt.

„Komm, es ist Zeit, dass du etwas isst.“

Er stand auf, nahm sie bei der Bewegung mit und stellte sie auf die Füße.

„Du willst mich nackt …?“

„Nein. Dir ist kalt, das sehe ich.“ Er sah demonstrativ auf ihre Nippel. Sie fror, was kein Wunder war nach der seelischen und körperlichen Achterbahnfahrt, die sie heute erlebt hatte. „Warte einen Moment.“ Er ging hinüber zu dem Kleiderschrank und nahm seinen Morgenmantel sowie ein paar seiner Socken heraus. Beides war ihr zwar viel zu groß, doch ihm gefiel die Idee, sie in seine Sachen zu kleiden. Mit einem Seufzer schlüpfte sie in den kuscheligen Stoff. Ihm reichte der Mantel nicht mal bis zu den Knien, Iris ertrank darin. Sie schnüffelte an dem Material und schenkte ihm ein herzerweichendes Lächeln. Er schubste sie auf das Bett und sie wimmerte, sobald sie mit dem Po aufkam. Er liebte das! Tom zog ihr die Socken über und reichte ihr die Hand. Eng umschlungen liefen sie aus dem Zimmer. Er verfolgte einen Plan und seine Belohnung würde Iris sein.

„Das Haus ist ein Traum“, sagte sie. „Ich erinnere mich, wie runtergekommen es war. Letztes Jahr bin ich mit dem Rad daran vorbeigefahren und auch aufs Grundstück. Habt ihr das Haus selber renoviert?“

„Ja. Sonst wäre es nicht zu finanzieren gewesen. Das Landhaus haben die Sullivans von einer dankbaren Kundin geschenkt bekommen. Es gehörte ihrem verstorbenen Mann und nach seinem Tod fand sie heraus, dass er sie jahrelang betrogen hatte. Das Gebäude wäre früher oder später zerfallen und sie wohnt jetzt in einem kleinen Haus mit allen erdenklichen Raffinessen.“

„Und wo wohnst du?“

„Ungefähr dreißig Minuten von hier. Es ist passend für zwei, nicht riesig, aber geräumig genug, dass man sich aus dem Weg gehen kann, sofern man es wünscht." Iris würde perfekt in sein Domizil passen. Er sollte auf der Stelle mit diesen Gedankengängen aufhören. Sich zu verlieben war gefährlich, denn Lieben barg nicht nur ein wunderbares warmes Gefühl, sondern konnte auch schmerzhaft und zerstörerisch sein. Er hatte einmal eine Frau geliebt, die seine Emotionen nicht erwiderte. Der Stachel saß noch immer in seinem Fleisch, egal wie sehr er versuchte, ihn zu entfernen. Dennoch …

Sie erreichten das Erdgeschoss und Tom führte Iris in die Küche. Der große dunkle Tisch lud zum Verweilen ein. Er war eines der wenigen ursprünglichen Möbel, bei dem sich eine Renovierung gelohnt hatte. Miles hatte Stunden damit verbracht, das gute Stück abzuschleifen, zu ölen und die Tischbeine zu begradigen. Die Mühe machte sich bezahlt.

Es roch köstlich. Er spürte, dass Iris den Rücken durchdrückte, doch es gelang ihr nicht, sich in die unnahbare Mrs Untouchable von heute Morgen zu verwandeln.

„Iris." Miles bemerkte sie als Erster. Er stand auf, sah sie prüfend an und küsste sie auf die Stirn. Iris war schlichtweg zu überrumpelt, um darauf zu reagieren. Dean drehte sich um. Er rührte gerade das Stew um und bedachte Iris mit einem Lächeln, das die meisten Frauen in wehrlose Geschöpfe verwandelte. Die Sullivans konnten streng mit den Subs sein, doch im Grunde waren sie charmante Verführer, die mit einem Augenbrauenhochziehen mehr erreichten als manch andere mit Rosen, Pralinen und einem Ring.

John klopfte auf den Platz neben sich und Iris nahm einen hastigen Atemzug. John hatte sie länger beobachtet, als es der kleinen Sub bewusst war.

„Setz dich zu ihm, Iris." Tom war gespannt, wie sie morgen auf neue Reize reagieren würde, wie weit sie in das Spiel der Zähmung und Hingabe einzutauchen bereit war. Heute hatte er sie verführt und bestraft, ihr nur einen

Hauch von Dominanz gezeigt. Er brauchte mehr. Sie brauchte mehr.

Iris trat an den dunklen Maestro heran, der auf der Bank saß. Anscheinend wusste sie nicht, ob ihr Gehorsam vorausgesetzt wurde. Tom wechselte mit John einen amüsierten Blick, weil sie sich äußerst vorsichtig auf die Sitzfläche niederließ. Es gab doch nichts Besseres für einen dominanten Mann, als die Nachwirkungen eines lustvollen Spankings zu beobachten.

Dean näherte sich mit einer großen Schüssel Stew und Miles holte das aufgebackene Brot aus dem Ofen. Sie hatten sich Mühe beim Tischdecken gegeben. Kerzen und ein Strauß mit Frühlingsblumen zierten den Tisch.

„Du siehst hungrig aus, Iris. Das Aufdecken von Sünden, besonders der eigenen, kann unerwartet erschöpfend sein." Dean stellte das Fleisch auf den Tisch und seine Augen funkelten vor Vergnügen.

„Das habe ich wohl verdient", sagte Iris zwar mit fester Stimme, in der aber Unsicherheit mitschwang. Tom setzte sich neben sie, nahm ihre Hand in seine und streichelte über ihren rasenden Puls. Sie lehnte sich gegen ihn, als wollte sie mit ihm verschmelzen, und drückte seine Finger. Ihre Reaktion war unerwartet und blieb den Sullivans nicht verborgen, das zeigte ihm ihr einvernehmliches Grinsen. Ob Iris ebenso fühlte wie er? Während einer Session blieb ihm nicht die subtilste Reaktion verborgen, doch in Herzensangelegenheiten fühlte er sich wie ein Amateur. Er traute sich nicht, seinem Gefühl zu folgen.

Sie ließen sich das Essen schmecken und die entspannte Atmosphäre griff auf Iris über. Die süße Sub wischte ihren Teller mit einem Stück Brot sauber, nahm anschließend ihr Rotweinglas in die Hand und stürzte den Inhalt in zwei Schlucken hinunter. „Ihr seid die seltsamsten Machos, die ich jemals kennenlernen durfte – unerbittlich und gleichzeitig so aufmerksam, liebenswert. Wie kann es sein, dass ihr alle noch Singles seid? Die Frauen müssten euch doch scharenweise hinterherlaufen. Sogar ich – und ich habe es weiß Gott versucht – kann euch nicht widerstehen.“ Dann kicherte sie zuckersüß. Iris hatte nicht viel Wein getrunken, doch anscheinend reichte die Menge, um sie aufzulockern. Wahrscheinlich trank sie fast nie Alkohol. Das würde zu ihrer Persönlichkeit passen, denn es würde ihr die Kontrolle über sich selbst rauben. Ein Zustand, den sie nicht gerne zuließ – außer bei ihm. Bei Tom hatte sie losgelassen. Aber würde sie es erneut zulassen? Spätestens morgen früh nach dem Aufwachen würde ihr Verstand auf Hochtouren laufen und sie entweder mit Entsetzen oder mit Zufriedenheit erfüllen.

„Vielleicht haben drei von uns noch nicht das perfekte Gegenstück gefunden“, sagte Miles mit einer Stimme, die ebenso samtig war wie der Rotwein. Er kreuzte Toms Blick und die grünen Augen funkelten vor Vergnügen. Die Maestros waren sich ihrer Sache verdammt sicher. Wenn er doch nur dergleichen fühlen könnte!

„Wer ist der Glückliche?“

„Das Geheimnis, schöne Iris, musst du ganz allein enträtseln“, beantwortete John ihre Frage.

Später schlief Iris sofort eng an ihn gekuschelt ein. Tom folgte ihr kurz darauf in die Traumwelt.

Kapitel 5

Iris wachte mit einem Ruck auf, der das Zimmer vor ihren Augen verschwimmen ließ, sodass sie auf das Kissen zurücksank, kurz die Lider schloss, aber der Raum blieb derselbe, als sie sie erneut öffnete. Sie lag in einem Bett im Sündenpfuhl und sie, die geordnete, sachliche, frostige Iris, hatte sich als der größte Sündenfall erwiesen. Doch es war so unglaublich gut gewesen! Dennoch musste es ein einmaliger Ausflug in diese Welt bleiben. In ihrem strukturierten Leben zwischen ihren geliebten Zahlen war kein Platz für so ein chaotisches Verhalten. So erfüllend und befreiend ihre Stunden mit Tom gewesen waren, sie durfte es nicht ein weiteres Mal zulassen. Zudem musste sie ihr Herz analysieren. Iris Lexington verliebte sich nicht vom Fleck weg! Und dann die Gefahr, in die sie sich positioniert hatte! Wenn einer der Kollegen ihr Vergehen jemals herausfand! Viele nahmen es ihr übel, dass sie als relativ neue Kollegin so hoch in Bobs Gunst stand. Dabei arbeitete sie so hart wie keiner von ihnen. Sie hatte das alles für einen Orgasmus riskiert! Nie wieder durfte sie so dilettantisch handeln. Und warum schmerzte der bloße Gedanke, Tom nach der Steuerprüfung niemals wiederzusehen, so unglaublich grausam, dass heiße Tränen ihren Blick verschleierten?

Entschlossen unterdrückte sie die lästige Emotion. Gestern war sie naiv und unvorbereitet an das Projekt Sündenpfuhl herangegangen. Doch jetzt wusste sie, womit sie es zu tun hatte, und sie würde Tom mit aller Kraft widerstehen. Den nächsten Schock bekam sie, sobald sie auf die Uhr sah, die auf den Nachttisch stand. Sie hatte verschlafen! Es war schockierende zehn Uhr. Tom brachte die schlimmsten Seiten in ihr zum Vorschein. Aber die Gefahr, dass er sie beim Schredder verpetzte, weil sie zu spät am Einsatzort erschien, tendierte gegen null. Wo war Tom überhaupt? Das Bett neben ihr war kalt und ehe sie sich stoppen konnte, presste sie sein Kopfkissen an ihr Gesicht, um seinen Duft einzuatmen.

Was tat sie da?

Sie musste von dieser Sucht mit dem Namen Tom loskommen. Diese Romanze hatte keinen Sinn. Wie sollte der Alltag mit einem Dominanten funktionieren? Sie warf das Kissen zurück und schalt sich für die eigenen Gedanken. Es gab keine Beziehung – weder jetzt noch in der Zukunft. Sie entdeckte einen Zettel, der unter der Uhr steckte.

Kaffee, Tee und Frühstück findest du in der Küche, mich im Arbeitszimmer.

Unterschrieben hatte er mit TB. Seine Schrift entsprach seinem Naturell: klar, deutlich, maskulin und stark. Alles Eigenschaften, die ein aufgeregtes Flattern in ihrem Magen initiierten, das sie entschlossen unterdrückte.

Iris duschte, nahm eine der neuen Zahnbürsten und realisierte, dass sie absichtlich trödelte, um die Begegnung mit dem Mann herauszuzögern, der ihre geordnete Welt mit seiner überaus verführerischen Handfläche ins Wanken brachte, mit einem Erdbeben in der Stärke zwölf. Es war Zeit, die Trümmerteile einzusammeln und ihr sicheres Gebäude aufzubauen, in dem sie die Burgherrin war, obendrein jeder tat, was sie wollte.

Nachdem sie im Bad fertig war, blickte sie suchend in Toms Schlafzimmer umher. Was sollte sie anziehen? In dem kuscheligen Morgenmantel konnte sie kaum eine überlegene Aura aufrechterhalten. Aber von ihrem Kostüm war nichts zu sehen. Ob sie eins von seinen T-Shirt überstreifen sollte? Doch das würde Tom zu nah an sie heranbringen. Seufzend griff sich nach dem Morgenmantel, der über dem vor dem Fenster stehenden bordeauxfarbenen Sessel lag. Die Sullivans hatten jedes Zimmer, das sie bis jetzt gesehen hatte, geschmackvoll eingerichtet. Die Tapete hinter dem Bett zierte ein anthrazitfarbenes Schnörkelmuster. Der Raum strahlte maskuline Eleganz aus. Iris zog sich Toms Socken über und suchte die Küche auf. Sie schüttete sich eine Tasse von dem

Tee ein, gab noch eine großzügige Portion Sahne dazu und nahm sich ein Croissant. Sie stellte sich mit dem Teller an die Terrassentür und sah in den traumhaften Garten hinaus. Das Grün war frisch, der Himmel blau und plötzlich sehnte sie sich nach Tom. Wie gern würde sie sich an ihn lehnen, obendrein den Tag gemeinsam mit ihm verbringen. Doch Träume waren nicht die Realität. Tom Barber passte nicht in ihr Leben und gestern war ein einmaliger Ausflug in die Welt des Vergessens gewesen.

Heute Abend würde sie in ihrem eigenen Bett schlafen und den Job morgen zu Ende bringen. Wenn sie Glück hatte, würde niemals jemand von ihrem Fauxpas erfahren. Sie lief mit der Teetasse in der Hand zum Arbeitszimmer und blieb stehen, sobald sie Tom entdeckte. Er stand am bodentiefen offenen Fenster und sah genauso in den Garten hinaus, wie sie es gerade noch getan hatte. Tom war wirklich ein beeindruckender sexy Kerl. Dunkelblaue Jeans und ein Longsleeve in der gleichen Farbe rückten seine kräftige Statur ins rechte Licht.

So ein Mist!

Ihr Magen flatterte nicht nur bei seinem Anblick, er schlug Purzelbäume und ihr Herz gesellte sich zu diesem beunruhigenden Gefühl, das sie überaus erschütterte, weil es ihr so klar wie eine kalte Winternacht aufzeigte, dass sie sich in Tom verliebt hatte. Es war keine Schwärmerei, sondern eine Bedrohung für ihre geordnete Welt. Er bemerkte sie, ehe sie etwas sagen konnte, und drehte sich um. Sobald sich sein eindringlicher Blick mit ihrem kreuzte, stand sie unter seinem Bann, vermochte sich von der dunklen Intensität seiner Iriden nicht mehr loszureißen.

„Ausgeschlafen?“, fragte er lächelnd, doch die Emotion erfasste nicht seine Augen, als ahnte er, was in ihr vorging. Vielleicht fühlte Tom sich genauso wie sie. Sie vermutete, dass er jedes Wochenende mit anderen Subs spielte und nicht auf Liebe vorbereitet war. Zynisch gab sie sich selbst eine Ohrfeige. Sie nahm die eigene Person zu wichtig. Tom war weder von ihrem Aussehen geblendet, noch war das Innere von ihr für ihn eine Überraschung. Sie war eine devote Frau unter vielen. Obwohl sie ihn aus ihrem Herzen ausschließen wollte, stürzten sie ihre Überlegungen erneut in dieses verfluchte Gefühlschaos. Dass er sie ablehnen könnte, war wie ein eisiger Regenguss, in dem sich Hagelsplitter befanden, die sich in sie bohrten.

„Komm her zu mir", sagte er so unendlich liebevoll, dass schon wieder diese dämlichen Tränen hinter ihren Lidern brannten, so heiß, dass es schmerzte. Sie lief auf ihn zu, wobei sie das Gefühl hatte, dass ihre Füße spontan an Gewicht zulegten, mit jedem Zentimeter, den sie zurücklegte. Sobald sie ihn erreichte, nahm er die Tasse aus ihren zitternden Fingern und stellte sie auf dem Sideboard ab. Er zog sie in seine Arme und sie presste ihre Wange gegen seinen Brustkorb. Selten war sie sich dermaßen weiblich und zerbrechlich vorgekommen – eine unheimlich schöne, wenn auch beängstigende Empfindung.

„Schhh", sagte er überraschenderweise und streichelte über ihr Haar. „Wie lange brauchst du noch für die Steuerprüfung?"

„Zwei oder drei Tage."

„Schenk mir noch eine Session, Iris. Danach lasse ich dich zufrieden, falls du das möchtest."

Sie erkannte die Gefahr, die in seinem Angebot steckte. Er überließ ihr die Wahl, ob sie mehr wollte oder nicht, beraubte sie der Möglichkeit, ihm irgendeine Schuld zuzuweisen, sollte sie mit einem gebrochenen Herzen zurückbleiben. Er umfasste ihr Kinn und sah ihr so tief in die Augen, dass alles vor ihr verschwamm.

„Du stehst dir selbst im Weg, Kleines." Tom beugte sich zu ihr herab, bis seine Lippen federleicht ihre berührten. Doch die simple Berührung reichte, um sie aus dem Fenster ihres sicheren Gebäudes zu katapultieren. Ihre Haut schien zu entflammen, während ihr Geschlecht verlangend pulsierte, sie sich nach dem köstlichen Schmerz verzehrte, den er ihr gestern geschenkt hatte. Und sie wollte ihn in sich spüren. Ja, sie würde ihm und vor allem sich selbst diese eine Session schenken.

„Ja, Maestro", wisperte sie, sobald er sich aufrichtete.

Von einer Sekunde zur nächsten änderte sich seine Körperhaltung und die Glut in seinen Augen verwandelte sich in heiße Entschlossenheit. Jetzt war es nicht mehr Tom, der sie hielt, sondern der dominante Maestro. Ihr Körper und ihre Seele erkannten die Anzeichen und sie reagierte darauf mit purer Gier. Wie alles an ihr entging ihm auch diese Reaktion nicht.

„Setz dich an den Schreibtisch und fang an zu arbeiten."

Was?

Sie hatte gehofft, dass er ihr den Morgenmantel von den Schultern streifte und sie über die Lehne der Couch beugte, um …

„Sofort!", fuhr er sie an. Dieser Stahl in seiner Stimme verwandelte ihr Inneres in geschmolzenes Gold.

„Ja, Maestro." Sie trat von ihm zurück und lief mit schwingenden Hüften zu ihrem Arbeitsplatz, obwohl ihre Bemühungen, ihm einen sexy Anblick zu bieten, offenbar ins Leere liefen. Missmutig hockte sie sich auf den Stuhl und schaltete ihr Notebook ein. Alles war noch genauso langweilig wie gestern. Ihre Arbeit ödete sie an. Sie hörte, dass er sich auf eines der beiden Sofas setzte, und anstatt sich auf die Zahlen zu konzentrieren, grübelte sie darüber nach, was er vorhatte. Der fiese Maestro ließ sie schmoren. Iris hielt es nicht mehr aus und sah zu ihm hinüber.

„Augen auf den Bildschirm. Deine Unaufmerksamkeit bringt dir zehn Schläge mit meinem Gürtel ein."

Seine Worte erzürnten sie nicht, ganz im Gegenteil! Die Vorstellung, dass er sie mit seinem Gürtel schlug, erhitzte sie auf eine unangebrachte Weise. Sie sehnte sich nach dem Schmerz, den er ihr geben konnte. Ja, das musste es sein, was sie an ihn fesselte. Es war nicht Tom, sondern der Maestro. Wahrscheinlich würde sie ebenso fühlen, wenn John auf dem Sofa säße und sie dominierte. Sie umklammerte diesen Gedanken wie eine Ertrinkende, wenngleich der Strudel Namens Tom sie mit sich riss und sie als Lügnerin entlarvte. Iris starrte auf das Display, während die Tabellen vor ihren Augen herumschwirrten, sie nicht mehr wusste, was sie eigentlich tun wollte, und die

Kontenabgleiche ein Buch mit sieben Siegeln darstellen, bei dem sie nicht wusste, welches Siegel sie als Erstes brechen musste, um es aufzubekommen. Alles in ihr wollte zu ihm sehen und dass er es ihr unter Androhung einer Strafe verboten hatte, verwandelte den Reiz in etwas Unwiderstehliches. Die Sekunden, Minuten, tickten an ihr vorbei. Sie konnte das nicht länger aushalten. Geduld gehörte nicht zu ihren Tugenden.

„Ich habe keine Bedenken, zehn weitere Schläge hinzuzufügen."

Der Klang seiner Stimme ließ sie zusammenzucken und wie von selbst drehte sie den Kopf in seine Richtung.

Hilfe!

Was ihr von ihm aus seiner Haltung entgegenschlug, war so bedrohlich, aber zur gleichen Zeit so verführerisch, dass ihre Klitoris verlangend pulsierte und ihr Po erschreckt aufschreien würde, falls er es nur könnte.

„Zieh den Morgenmantel über deine Schultern, Schiava. Und zwanzig Schläge schmücken dich besser als zehn."

Sie gehorchte instinktiv und es erregte sie, besänftigte diese Unruhe in ihr, die sie ständig spürte.

„Umfasse deine Brüste und stell sicher, dass deine Nippel geschwollen und empfindlich sind, wenn du gleich zu mir kommst, um deine Strafe zu empfangen. Dreh dich mit dem Stuhl zu mir. Ich will genau sehen, wie du dich selbst erregst."

Sie tat, was er verlangte, doch sie konnte seinem eindringlichen Blick nicht standhalten, sodass ihre Lider zuflatterten.

„Iris!", ermahnte er sie. „Ich habe dir weder erlaubt, die Augen zu schließen, noch den Blick abzuwenden. Dein Körper und deine Seele gehören mir während unserer Session. Sieh mich gefälligst an."

Der strenge Tonfall fuhr ihr verführerisch zwischen die Schenkel, denn er brachte verborgene Seiten von ihr zum Vorschein, Seiten, von denen sie bis gestern nichts geahnt hatte. Sie liebte die Unnachgiebigkeit in seiner Stimme, auch dass er keine belanglosen Drohungen aussprach.

Sollte sie ihm nicht gehorchen, zogen ihre Handlungen Konsequenzen nach sich. Der bloße Gedanke trocknete ihren Mund aus, ihr Schoß jedoch wurde sekündlich nasser.

Wenn er es verlangte!

Sie sah die nackte Gier in seinem Blick, wie sehr es ihn anmachte, dass sie ihm Folge leistete und an ihren Brustwarzen zupfte. Tom saß auf der Couch, beugte sich vor und stützte sich mit den Ellenbogen auf seinen Oberschenkeln ab.

„Spreiz deine Beine und zeig mir deine feuchte Pussy mit den hübschen pinkfarbenen Schamlippen."

Iris zögerte, denn auf diese Weise hatte sie sich noch keinem Mann angeboten.

„Das war keine Bitte", flüsterte er kalt wie eine Winternacht. Doch seine Augen … sie glühten, verbrannten Iris, zwangen sie zum Gehorsam. Sie bot sich ihm dar, öffnete sich ihm, so weit es der Stuhl erlaubte. Sein Blick verließ ihr Gesicht, wanderte wie eine Liebkosung ihren Körper entlang und sie stöhnte, als er auf ihre Scham starrte. Längst waren ihre Nippel geschwollen und pochten ebenso verlangend wie ihre Lustperle. Sie kniff fest hinein und bog den Rücken durch.

„Nimm die Hände von deinen Brüsten, streichle über deinen Bauch und dann ziehst du die weichen Lippen deiner Pussy auseinander."

Sollte sie das wirklich tun? Noch während sie es dachte, entwickelten ihre Hände ein Eigenleben, denn zu sehr regte sie dieses Spiel von Verführung und Bestrafung an. Er verführte sie mit seinen Augen, seiner Stimme, und maßregeln würde er sie mit seiner Kraft, seiner Dominanz, die er so mühelos demonstrierte. Sie spürte, dass ihre Klitoris ebenso geschwollen war wie ihre Brustwarzen. Sein Vorgehen wühlte sie unglaublich auf, weil er sie ohne Gewalt zwang, einen Bereich zu betreten, der außerhalb ihrer Wohlfühlzone lag.

„Erregt es dich, mir deinen Körper zu präsentieren, dich selbst zu streicheln, während ich dich betrachte, mir nicht die geringste deiner Reaktionen verborgen bleibt? Beschreibe mir, was ich längst sehen kann."

Wie sollte sie sprechen? Ihre Gedanken zusammensammeln, damit sie ihm eine vernünftige Antwort geben konnte?

„Ich … ich. Verflucht! Deine Vorgehensweise geilt mich so auf, dass ich mich am liebsten an dir reiben würde wie eine Katze in Hitze. Die eigenen Berührungen sind unerträglich. Ich glaube selbst kaum, dass ich dir gehorche, dass es mich so heiß macht und Instinkte in mir befriedigt, die sich für eine moderne Frau nicht gehören. Du hast das alles in mir entfesselt." Wenn sie nur wüsste, was er dachte! Im Gegensatz zu ihr saß er dort ruhig, gelassen, demonstrierte deutlich, dass er der Herr der Szene war. Doch kalt ließ sie ihn nicht! Er hatte eine Erektion, die sich höchst verführerisch in seiner Jeans abmalte. Sie begehrte so sehr, dass er sie fickte. Und wie weit würde er das Spiel treiben? Was, wenn er etwas von ihr verlangte, das sie wirklich nicht wollte?

„Komm her zu mir, Farfalla."

Der Kosename war gut gewählt, denn sie fühlte sich wie ein zerbrechlicher Schmetterling. Iris legte zuerst die Handflächen auf ihre Oberschenkel, ehe sie aufstand und die wenigen Meter zu Tom überbrückte.

„Ich teile deine Bestrafung in zwei Einheiten auf", sagte er, sobald sie vor ihm stehen blieb. „Außerdem erhältst du von mir ein Safeword, mit dem du alles stoppen kannst, wenn du es sagst, flüsterst oder schreist. Ich höre dann sofort auf mit dem, was ich dir antue, egal was es ist. Verstehst du, was ich dir damit sage?" Er umfasste ihre Hände und augenblicklich spürte sie diesen Reiz, der impulsartig durch ihren Körper jagte. Nur bei Tom hatte sie dieses Gefühl, als ob seine Berührungen viel mehr wären als ein simpler Körperkontakt. „Das Wort ist Rot. Es ist das gängige Safeword und wird von jedem verstanden. Nun?"

„Ich begreife, was du mir sagst, Maestro. Ich kann die Session jederzeit stoppen und du wirst mich deswegen nicht bestrafen." Und sollte sie mit einem anderen Dominanten dieses aufregende Spiel ausprobieren, würde er die Sicherungsleine nicht ignorieren – wenn er wie Tom war. Diese Überlegungen waren äußerst dämlich. Dieses war ihre letzte Session mit ihm und würde ihr einziger Ausflug in die Sphären von Vertrauen und Unterwerfung bleiben. Diese Welt passte nicht in ihr Dasein, in ihre Karriere, denn schließlich hatte Bob Theodor ihr die Möglichkeit einer Partnerschaft in der Steuerkanzlei in Aussicht gestellt. Sollte jemals jemand herausbekommen, was sie hier trieb, wie sehr es sie anmachte, zufriedenstellte und bis in den verstecktesten Nerv ihres Körpers vordrang, es obendrein ihre Seele befriedigte, sich von einem Kerl den Arsch versohlen zu lassen, dann war ihr bisheriges Leben hinfällig. Niemand würde sie mehr ernst nehmen oder ihr eine Stelle anbieten.

Tom kniff ihr äußerst schmerzhaft in den Po und nach ihrem entsetzten Aufschrei erneut.

„Es ist respektlos, mit den Gedanken abzuschweifen. Knie dich hin."

Für einen Sekundenbruchteil spielte sie mit der Idee, das Safeword zu sagen, um diese ganze verwirrende Angelegenheit auf der Stelle zu beenden, aber natürlich tat sie es nicht, denn zu sehr verzehrte sie sich nach der Stille, die Tom ihr schenken konnte. Sie sank zwischen seinen gespreizten Beinen auf das Parkett. „Es tut mir leid, Maestro." Iris meinte es ernst, doch der Satz war nicht nur auf den Moment bezogen, sondern auch auf die Einsamkeit, die morgen folgen würde.

Tom blickte auf die Sub herab. Sie starrte ihm geradewegs in die Augen und er sah darin den Entschluss, ihm nach heute aus dem Weg zu gehen. Er war mit den verwirrendsten Gefühlen aufgewacht, daher verstand er, wie Iris sich fühlte. Eine unglaubliche Nähe, Verbundenheit und Liebe hatten ihn überwältigt, sobald er erwachte und das bezaubernde tief schlafende Wesen neben sich betrachtete. Für Iris war die Situation noch chaotischer. Die erste Erfahrung mit einem dominanten Mann, mit ihrer submissiven Natur und wie erfüllend es war, sich einfach nur fallen zu lassen, etwas, das sie sich bis gestern strikt untersagt hatte. Iris wollte mit Sicherheit an ihrer Karriere arbeiten und da war eine knallharte Geschäftsfrau gefragt, das zumindest war fest in ihrem Verstand und auch in dem von vielen anderen Menschen verankert. Sie verspürte offensichtlich Angst, dass jemand herausfinden könnte, dass sie nicht so tough war, wie sie es gern wäre. Er musste es so aussehen lassen, als ließe er sie gehen, durfte sie nicht bedrängen. Liebe auf den ersten Blick …

Dennoch griff er zu unorthodoxen Methoden, weil er ahnte, wenn er sie ziehen ließ, würden sie sich wahrscheinlich niemals wiedersehen und es bis an ihr Lebensende bereuen. Die Anzahl von Partnern, die eine dermaßen hohe Anziehungskraft aufeinander ausübten, war begrenzt, vielleicht sogar einmalig.

Er packte in ihr Haar und er sah Gier in ihren Augen. Nein, das Safeword würde nicht über ihre Lippen kommen, selbst da eine Seite von ihr verlangte, dass sie es ihm ins Gesicht stammelte. Iris wollte diese Erfahrung mit ihm teilen und war offensichtlich fest entschlossen, sich ihr restliches Leben daran zu erinnern, während jede Sekunde an ihr vorbeizog wie eine klebrige graue Masse, bis es diesen Schmetterling, seinen Schmetterling, zerquetschte. Er zog ihr den Kopf in den Nacken, entblößte ihre Kehle und sie belohnte seine Dominanz mit einem deutlich sichtbaren Beben.

Tom beugte sich weiter vor, wisperte nah an ihren Lippen: „Mein Gürtel stellt gleich sicher, dass dein Verstand bei mir bleibt. Geh zum Sideboard und hol die Manschetten aus der obersten Schublade. Ich weiß zu vermeiden, dass du mir entkommst, Farfalla."

Sie begriff auf der Stelle, was er meinte. Kurzes Aufbegehren flackerte in ihren Iriden, sodass er fester zupackte. Obwohl sie die Lippen aufeinanderpresste, entwich ihr ein aufreizendes Wimmern. Er erlaubte sich ein sadistisches Lächeln. „Ein Wimmern ist alles, was du mir gibst? Ich fürchte, damit gebe ich mich nicht zufrieden. Mir ist heute nach Tränen und richtigen Schreien zumute, die du mir schenken wirst. Zwing mich nicht, deine Strafe zu erhöhen. Falls ich es will, erträgst du mehr als zwanzig glühende Feuerstreiche. Das sollte dir bewusst sein."

Er presste seinen Mund fest auf ihren, nahm sich, was ihm gehörte, auch wenn Iris anderer Meinung war - noch. Tom drang mit der Zunge ein, küsste sie so hart und verlangend, dass sie mit den Händen seine Hosenbeine packte, um etwas Halt zu finden. Er musste diese Jeans loswerden. Er ließ ihre Haare los und beendete den Kuss, anschließend hob er die Augenbrauen und sah demonstrativ zum Sideboard. Mit einem verdammt niedlichen Seufzer stand sie auf und verspürte keine Hemmungen, sich dabei an seinen Knien abzustützen, wobei sie ihm ihre hübschen Brüste präsentierte. Sie drehte sich um und lief mit schwingenden Hüften auf das Sideboard zu. Äußerst leichtsinnig, ihm mit dem Ort seines Begehrens vor der Nase herumzuwedeln! Iris zog die Schublade auf und er sah das kurze Versteifen ihres Körpers, als sie all die Spielzeuge entdeckte, die er vorhin dort hineingelegt hatte. Heute bekam er nicht die Gelegenheit, sie alle an ihr anzuwenden, doch früher oder später …

Sie kam mit den schmalen Manschetten, die er gestern bei ihr benutzt hatte, zurück. Ohne Aufforderung ging sie vor ihm auf die Knie und präsentierte ihm die Fesselvorrichtungen auf ihren Handflächen. Unsicherheit erkannte er nicht in ihren Augen. Sie genoss dieses Spiel aus vollen Zügen, hegte allerdings insgeheim die Meinung, dass sie sich bei jedem Dominanten auf diese Weise fühlen würde. Ihr stand eine Überraschung bevor! Er legte ihr die Manschetten um, prüfte mit einem Finger, ob sie nicht zu eng saßen, und diesmal half er ihr auf die Füße. Tom packte sie an ihrem zarten Genick und schob sie hinter die Lehne der Couch. Ohne Umschweife hob er sie an der Taille an und warf sie mit dem Bauch nach unten darüber, sodass sie den Kontakt zum Boden einbüßte. Das Sitzmöbel verbarg einige Geheimnisse. Er lief um sie herum, kniete sich auf die Sitzfläche und zog einen Ring hervor, der mit einem Stück Leder zwischen Rücken- und Sitzpolster angebracht war. Er hakte die kurzen Ketten, die an Iris‘ Manschetten baumelten, um den Ring.

Da ihr Kopf nach unten hing, konnte er sie nicht zu lange in dieser Position lassen. Doch für den Moment war sie genau dort, wo er sie haben wollte. Zudem steigerte diese Haltung bei den meisten Subs die Erregung.

„Falls dir schwindlig oder schlecht wird, sagst du es mir sofort."

„Ja, Maestro", wisperte sie mit einer Stimme, in der Begierde, aber auch Furcht mitschwang.

Perfekt!

Ihre Haare fielen wie ein seidiger Vorhang nach unten. Er küsste sie auf den Nacken und grinste, weil sie auf der Stelle eine Gänsehaut bekam. Aus Erfahrung wusste er, dass sie alles überdeutlich spürte, sie vor Angst und Verlangen beinahe zerbarst. Denn sie konnte nicht wissen, wie schlimm die Qual sie packen würde. Tom stand auf, stellte sich hinter sie und leckte sich über die Lippen, während er den Anblick in sich aufsaugte. Ihr Arsch war prall genug, ihre Taille schmal und ihre Beine … Sie hatte definitiv in keinem Geschäft Schwierigkeiten, Kleidung zu bekommen. Er öffnete die Gürtelschnalle und sie erstarrte.

Mhmm …

Langsam zog er das schwarze Leder aus den Schlaufen und auch dieses Geräusch verfehlte nicht seine Wirkung. Wie sie bebte! Unvermittelt ging er hinter ihr ihn die Hocke und ihr entfuhr ein Schrei, weil er ihre rechte Wade umfasste. Grinsend zog er ihr die Socken aus und warf sie auf die Couch, anschließend legte er den Gürtel über ihren Po.

„Er sollte lieber nicht herunterfallen." Er merkte selbst, wie zufrieden er sich anhörte. Tom hockte sich erneut hinter sie. „Spreiz deine Beine, Farfalla." Das war das Kosewort, was er von nun an für sie benutzte, denn sie war ihm wie ein Schmetterling ins Netz gegangen und war ebenso verflucht wunderschön, samtig, verletzlich. Er ließ seine Hand an ihrem Bein nach oben wandern und sie keuchte auf, als er ihre Scham berührte, dabei ihre Lustperle mit den Knöcheln streifte. Iris war überaus erregt, so sehr, dass die Nässe ihrer Pussy die Innenseiten ihrer Schenkel benetzte. Ihre geschwollene Klitoris bettelte förmlich um seine Zuwendungen. Aus purer Boshaftigkeit biss er in das zarte Fleisch ihres Schenkels, hart genug, dass sie vor Schmerz ein klägliches Wimmern ausstieß. Das Bissmal würde sie an ihn erinnern, während der Zeit, die sie ohne ihn in ihrem selbst erwählten Exil verbrachte, das keinen Raum für Nähe, Liebe und Unterwerfung bot. Allerdings würde dieser Abdruck nicht das Einzige sein, was ihren Verstand in den nächsten Tagen beschäftigte.

Tom biss erneut zu, diesmal an der Innenseite ihres linken Schenkels, dann saugte er fest an der Haut und stimulierte währenddessen ihren Kitzler, der ebenso nass war wie der Rest ihres gierigen Geschlechts. Sie begann sich zu winden, wollte sich von seinen Lippen lösen, doch ihre Bemühungen verliefen ins Leere. Allerdings rutschte der Gürtel von ihren Rundungen. Tom mochte es, wenn seine Pläne aufgingen. Sie entkam ihm nicht – weder jetzt noch später. Iris keuchte, stöhnte, wimmerte vor Schmerz und Lust, genau wie es sich für eine gute Sub gehörte. Als das Resultat Tom zufriedenstellte, ließ er von ihr ab. Sie war trotz, oder gerade wegen des Lustschmerzes, dicht an einem Orgasmus. Aber bis er ihn ihr gewährte, musste sie einiges erdulden, was ihm eine Menge Freude bereiten würde – sadistische Befriedigung, wenn er ehrlich war. Und er gab auch gern zu, dass er nicht die Distanz spürte, die er sonst hatte, sobald sich eine Sub in seine Hände begab. Mit Iris war es persönlicher, intimer, berauschender. Tom hinterfragte nicht, wieso es ausgerechnet bei Iris so war, doch Liebe verfolgte keine Logik.

Zufrieden starrte er auf die beiden Abdrücke, die ihre zarte Haut zierten. Es war Zeit, weitere hinzuzufügen, um ihrem Gedächtnis etwas zu tun zu geben, damit es in der nahen Zukunft ausreichend beschäftigt war. Wenn sie glaubte, dass er ihr erlaubte, sich hinter ihrem Zahlenberg zu verstecken, dann unterschätze sie ihn gewaltig.

„Fünfundzwanzig Schläge sind es mittlerweile. Zwanzig mit dem Gürtel und die fünf für dein überaus undisziplinertes Verhalten mit meiner Hand."

„Das ist unfair. Du hast wie ein Trüffelschwein nach meiner Schwäche gesucht und …"

„Trüffelschwein!" Trotz seiner zusammengepressten Lippen entwich ihm ein Laut, der einem Grunzer recht ähnlich kam. „Sei dir versichert, Farfalla: Ich höre erst auf, wenn ich jeden einzelnen deiner Trüffel gefunden habe."

„Oink, oink."

Das war zu viel. Tom biss sich auf die Handfläche, um das Lachen zu unterdrücken, weil er fürchtete, dass er dann nie mehr aufhören könnte. Dieses bezaubernde Biest passte perfekt zu ihm. Er hob den Gürtel auf, nahm beide Enden in die rechte Hand und holte aus. Das Leder klatschte mit einem herrlichen satten Knall quer über ihr Gesäß und hinterließ eine hübsche helle Strieme. Tom hatte nicht allzu fest zugeschlagen, wollte ihr mit den ersten drei Schlägen Zeit geben, sich in den Schmerz hineinzufinden, sodass er sie nicht überforderte. Doch das bedeutete nicht, dass es nicht fürchterlich brannte, sie schockierte und unglaublich erregte. Tom wartete nach jedem Streich, bis er erneut ihren grandiosen Arsch das Leder spüren ließ. So war es noch schlimmer für sie, weil die Pein genügend Zeit hatte, bis zu ihrem Verstand vorzudringen. Warten steigerte die Angst, aber auch den Genuss.

Bei den ersten fünf Schlägen entschlüpfte ihr außer einem Zischlaut kein Geräusch. Sture Sub, viel zu stolze Sub! Ihr Stolz war eine herrliche Zutat für einen Maestro. Bei Iris folgte die Demut nach dem Stolz und es konnte für beide Seiten berauschend sein, durch die beinahe arrogante Ausstrahlung zu dringen, um die Fügsamkeit ans Tageslicht zu locken.

Tom holte weiter aus und diesmal entwich ihr ein vernehmliches Japsen, sobald das Leder über ihre rechte

Pohälfte leckte und einen deutlich sichtbaren Abdruck hinterließ. Er setzte den nächsten Schlag oberhalb des vorherigen und er wusste, es würde ihr vorkommen, als hätte er dieselbe Stelle erneut getroffen. Das Keuchen entwickelte sich zu einem Stöhnen. Tom merkte, dass er lächelte, wie viel Freude es ihm bereitete, mit Iris diese Palette an Emotionen zu durchlaufen. Die nächste Feuerzunge entriss ihr einen richtigen Schrei und sie versuchte, sich wegzudrehen.

„Bleib ruhig liegen, Farfalla. Oder soll ich mir eine Gerte holen, um deinen Gehorsam sicherzustellen?"

Sie erstarrte zwar in der Bewegung, doch gegen das starke Beben, das ihren Leib befiel, war sie machtlos.

„Bitte, Maestro. Das ist zu schmerzhaft", flüsterte sie mit tränenerstickter Stimme.

„Nein, ist es nicht, Schiava. Wenn dem so wäre, wärst du nicht so erregt, dass ich deine Geilheit nicht nur sehen kann, ich rieche sie förmlich. Hör auf, dir selbst etwas vorzumachen. Ich kaufe dir deine Lügen nicht ab und du tust es ebenso wenig."

Er hatte kaum die letzte Silbe gesagt, da ließ er den Gürtel auf ihren Arsch sausen, dieses Mal auf die andere Seite. Sie belohnte ihn mit einem Stöhnen, das geradewegs in seinen Schwanz fuhr. Die finalen beiden Feuerzungen platzierte er in schneller Reihenfolge. Er warf den Gürtel neben sie auf die Sitzfläche und bewunderte sein Werk. Nein, er hatte ihr nicht zu viel zugemutet. Die zweite Hälfte ihrer Bestrafung würde weitaus mehr einfordern als ein paar Tränen. Er streichelte über die heißen Rundungen, nicht allzu leicht. Dann lief er um das Sofa herum und enthakte die Manschetten.

„Komm her zu mir." Sie hob den Kopf in den Nacken und Tom sah ihr an, dass sie mit dem Gedanken spielte, aus dem Raum zu flüchten, sodass sie sich vor ihm verbergen konnte. Ihre offene Seite erschreckte sie dermaßen, dass sie sie am liebsten verleugnen würde. Tom verstand es, auch wenn es schmerzte, dass sie ihrer Liebe keine Chance geben wollte.

„Heute noch! Und wag es ja nicht, etwas anderes zu tun, als zu mir zu kommen, mit dem Respekt, den ich verdiene." Er erlaubte sich ein gemeines Lächeln. „Es ist sehr schade für dich, dass Blicke nicht töten können."

Sie schnaufte, doch ihre tränenüberströmten Wangen raubten ihrem Zorn, der aus Unsicherheit entstand, eine Menge. Sie richtete sich auf und er stellte sich vor die Couch. Iris blieb vor ihm stehen, versuchte sich hinter ihren Haaren zu verstecken, zu verbergen, wie gut ihr der Schmerz tat, wie befreit sie sich fühlte, aber auch wie durcheinander, verwirrt und vor allem verletzlich sie in diesem Moment war.

„Bedanke dich auf den Knien für meine Bemühungen." Er wollte sie noch weiter aus ihrer Burg locken, hinaus aufs offene Feld, wo nicht einmal ein Baum ihr Deckung bot. Die kleine Sub, die sein Herz so mühelos eroberte, sank anmutig vor ihm auf den Boden. Tom fischte ein Gummiband aus seiner Hosentasche und reichte es ihr. „Bind deine Haare zusammen. Ich will deine Augen sehen."

Ihre Finger zitterten deutlich, als sie das Haargummi nahm und die brünette Fülle im Nacken zusammenband. Er rückte näher, sodass sie den Kopf weit zurücklegen musste, um ihn anzusehen.

„Muss das sein?"

Tom ersparte sich eine Antwort, doch er wusste, dass purer Wikingerstahl seine braunen Augen in etwas verwandelte, das rein gar nichts mit einem samtigen Ausdruck gemein hatte. Er berührte Iris nicht, um seinen Worten Nachdruck zu verleihen, sondern wartete geduldig. Sie konnte und würde diesen stummen Willensaustausch nicht gewinnen. Iris schluckte hart, konnte nur mit Mühe still sitzen, er sah es ihr deutlich an.

„Es tut mir leid, Maestro." Sie griff nach seiner Hand. „Ich danke dir für die Strafe."

„Warum, Farfalla? Warum gebührt mir Dank, wo du so zornig wirkst?"

„Weil der Schmerz mich befreit hat und ich mich bei dir sicher fühle, obwohl ich dich kaum kenne. Ich dir vertrauen kann und das ist etwas sehr Seltenes." Der Schock über die eigenen Worte verwandelte das Blau ihrer Augen in unergründliche Seen unter dem Vollmond in einer Sommernacht.

Ja, Iris. Liebe und Vertrauen sind selten. Und du willst mich aus deinem Leben verbannen.

„Zieh mir Hose und Slip aus. Du kannst mir deine Dankbarkeit demonstrieren, während du mir den Schwanz lutschst."

„Sehr gern, Maestro." Iris fasste an den Bund seiner Jeans, öffnete den Knopf und zog den Reißverschluss langsam herunter. Tom wusste, dass sein Penis groß war, passend zum Rest seines Körpers. Und er wusste auch, dass Iris ihn wollte, in ihrer gierigen Pussy. Aber Wünsche wurden nicht immer erfüllt. Sie zog ihm die Jeans über die Hüften, bis hinunter zu seinen Knöcheln. Er hatte heute Morgen, weder Schuhe noch Socken angezogen, da er sich dieses Szenario die ganze Nacht ausgemalt hatte, während sie wie ein niedlicher Koalabär geschlafen hatte. Danach folgte der Slip und Iris vermochte den hungrigen Laut nicht zu unterdrücken, der über ihre Lippen sprudelte, sobald seine pochende Härte endlich aus seinem Gefängnis befreit war.

„Maestro!" Sie holte tief Luft. „Das ist der heißeste Schwanz, den ich jemals gesehen habe. Er ist … wunderschön … verflucht groß."

„Zu groß für dich, Farfalla?"

„Nein", flüsterte sie.

Tom stieg aus der Kleidung und Iris griff danach und warf sie auf die Couch. Er zog sich das Shirt über den Kopf und sie starrte zu ihm hoch, während er ihren Blick wie eine Liebkosung auf der Haut spürte. Auf diese Weise hatte er sich noch nie gefühlt, wenn eine Sub ihn ansah. Sollte sein Plan nicht aufgehen, würde sein Herz brechen und es gab nichts, was er dagegen tun konnte. Tom setzte seine Füße auseinander.

Iris legte ihre Hände auf seine Oberschenkel. Ihre zarte Berührung flackerte über seinen Leib, breitete sich aus, bis es seine Muskeln auf die seltsamste Art erfasste. Eine so unschuldige Berührung … Und doch fühlte es sich an, als würden ihre feingliedrigen Finger seinen Schwanz halten und ihn fest massieren. Sie lehnte sich etwas zurück und nahm seine Eichel in ihren warmen, feuchten Mund.

Oh Gott!

Der erste Kontakt vibrierte durch die Länge seiner Erektion, strömte in seine Hoden und breitete sich auf die Nervenenden seines gesamten Unterleibes aus, nur um sich den Weg zu seinem Torso zu bahnen. Und dann saugte sie ihn, zuerst sanft, anschließend fester, genau richtig, um ihn auf die Zehenspitzen zu bringen.

Oh verflucht! Das war nicht zum Aushalten. Sie bewegte den Kopf langsam vor und zurück, löste eine Hand von seinem Oberschenkel und umfasste stattdessen seinen pochenden Schwanz. Hatte sie ihre Finger vorher in eine Steckdose gesteckt oder wieso strahlten elektrische Impulse von ihren Fingerspitzen ausgehend durch seinen Körper und gingen ein Gemisch mit ihrer Mundhöhle ein, das ihn um den Verstand brachte? Er fasste mit einer Hand in ihr Haar, doch nicht um ihren Gehorsam zu erzwingen, sondern weil er sich irgendwo festhalten musste. Tom überließ sich Iris, gab sich der Hitze ihres Mundes ganz hin. Sie lutschte besonders fest an seiner pochenden Eichel, ließ von ihm ab, nur um ihn zu lecken, mit einer Zunge, die unmöglich so rau sein konnte. Iris ließ ihn diese Rauheit spüren, bis er stöhnte, sich die Muskeln seiner Waden verkrampften und er kaum noch stehen konnte. Wie gern würde er sie einfach auf das Sofa schmeißen, sie vornüberbeugen und sie ficken, bis dieser pulsierende Drang endlich aufhörte. Doch er verfolgte einen Plan, den er nicht außer Acht lassen durfte. Aber dieses Vorgehen erwies sich als verdammt schwer!

Sie lutschte seinen Schwanz mit Inbrunst und sie genoss jede Sekunde davon, denn schließlich hatte sie Macht über ihn. Aus Erfahrung ahnte er, dass es ihre devote Seite befriedigte. Sie nahm die zweite Hand von seinem Oberschenkel, um seine Hoden so unendlich sanft zu umfassen. Dennoch spürte er auch das bis in die Finger- und Zehenspitzen. Sie wollte ihn umbringen!

Sie widmete sich seiner Eichel so ausgiebig, dass er seinen Scheißplan inzwischen ins Nirwana schicken wollte. Wenn seine Härte noch stärker pulsierte …

Ein Stöhnen brach aus seiner Kehle und jetzt krallte er beide Hände in ihr Haar. Er war kurz davor zu kommen und nichts vermochte ihn davon abzuhalten. Iris merkte es und sie bewegte den Kopf schneller vor und zurück, während sie ihn hart saugte, ihre geschickten Finger kaum spürbar seine empfindlichsten Stellen berührten.

Er hatte sie nicht gefragt, ob sie etwas dagegen hatte, wenn er in ihrem Mund kam und jetzt war er über diesen Punkt hinaus, konnte keinen klaren Gedanken mehr fassen. Sie sollte selbst entscheiden, ob sie es wollte oder nicht.

Das herrlichste Gefühl strömte seinen Leib entlang, verkrampfte seine Muskeln auf die wunderbarste Weise. Seine Hoden zogen sich zusammen und sie brachte geschickt zu Ende, was sie so überaus gekonnt begonnen hatte. Pure, reine Begierde pulsierte durch seinen Schwanz und sie ließ ihn in ihrem Mund kommen, bis die Anspannung aus seinem Körper wich, seine Beine drohten unter ihm nachzugeben, während Ekstase ihn verschlang.

Iris schloss kurz die Augen, als Tom in ihrem Mund kam. Das hatte sie noch nie einem Liebhaber erlaubt, aber bei ihm war alles anders. Ihre ganze Begegnung war unvergleichlich. Ihr schmerzte das Herz bereits jetzt, weil sie ihn ziehen lassen musste, um ihr Leben weiterzuverfolgen. Doch das zerbrochene Herz musste warten. Denn die Session war nicht beendet. Ihr Po brannte höchst verführerisch und erinnerte sie bei jeder Bewegung daran, wie herrlich es gewesen war, von ihm mit einem Gürtel eine Bestrafung zu erhalten. Und ihr stand noch die zweite Hälfte bevor! Ein durchaus beängstigende Aussicht, auf die ihr Schoß wollüstig reagierte. Tom nahm ihre Hände und zog sie auf die Füße. Sie starrte auf das Federtattoo unter seinem rechten Schlüsselbein. Eine exquisite Arbeit, die seine wunderbar maskuline Gestalt zierte. Tom war ein Fest für ihre Augen, mit seinen Muskeln, die es gewohnt waren zuzupacken. Sie konnte sich ihn zweifellos auf einer Baustelle vorstellen. Zudem hatte er einen überaus wachen Verstand - eine gefährliche Kombination.

Sie hatte so gehofft, dass er sie ficken würde. Tom ergriff sie und warf sie auf die Couch. Diesmal war er es, der kniete, doch bei ihm war nichts Devotes in seiner Haltung. Er packte ihre Oberschenkel, zog sie nach vorn und sein heißer Mund senkte sich über ihren Schoß. Mit den Fingern der rechten Hand spreizte er ihre Schamlippen, sodass ihre ungeschützte Lustperle ihm hilflos ausgeliefert war. Und der Maestro nutzte diesen Umstand gnadenlos aus. Da war nichts Zögerliches an seinem Handeln und sie ergab sich seiner Gnade mit ungetrübter Lust.

Fest leckte er ihre Klitoris und saugte sie, während seine Hände sich auf ihre Brüste legten und so unerbittlich ihre Nippel zwirbelten, dass sie sich ihm entgegenbäumte. Der Lustschmerz war köstlich, berauschend, erfüllend. Weit katapultierte er sie erneut aus ihrer Wohlfühlzone. Es war beinahe zu viel, was er mit ihren geschwollenen Nippeln anstellte. Gleichwohl die heftige schmerzvolle Stimulation geradewegs in ihr Geschlecht strömte. Längst wand sie sich unter ihm, keuchte, stöhnte, stammelte. Sie konnte es nicht unterdrücken.

Er lockerte seine Finger, nur um danach noch unerbittlicher an ihren überempfindlichen Brustwarzen zu zupfen. Sie packte seine Handgelenke, doch er war einfach zu stark. Seine Kraft steigerte ihre Lust und zur Hölle mit der Gleichberechtigung! Obwohl sie nicht in Fesseln lag, verhinderte sein Körper, dass sie auswich, und sein Griff war wie Stahl – heißer, sündiger Stahl. Seine Zunge, seine Lippen, sogar seine Zähne trieben sie in den Wahnsinn. Iris krallte ihre Finger in die Muskeln von Toms Unterarmen.

Und ihr Po!

Jedes Mal wenn sie sich bewegte, erwachte das herrliche Brennen zu neuem Leben. Die Reize vermischten sich, bis sie Schmerz und Begierde nicht auseinanderzuhalten vermochte. Alles, was zählte, war diese Gier, die sich wie ein Feuerball zwischen ihren Beinen sammelte. Tom saugte besonders fest, leckte dann ihren Kitzler. Iris hörte sich selbst schreien, als der Orgasmus durch ihren Körper jagte, bis sie dachte, sie könnte das überwältigende Pulsieren nicht mehr aushalten. Sie erstarrte und die Nachwehen streichelten über jeden ihrer Sinne. Tom löste seine Finger von ihren Nippeln, die wund waren und überempfindlich. Langsam sah er zu ihr hoch, fesselte seinen Blick an ihren und sie schluckte hart, weil sie die stumme Frage erkannte. Doch sie konnte sich nicht auf eine Beziehung mit ihm einlassen, dazu stand zu viel auf dem Spiel.

Tom richtete sich auf, packte sie sowie den Gürtel und zog sie mit einem Ruck auf die Füße. Er gab ihr keine Gelegenheit zu reagieren, zu begreifen, was er vorhatte. Ehe sie sich versah, presste er ihren Oberkörper auf den Schreibtisch.

„Da du mich so gern vergessen möchtest, verleugnen willst, dass etwas ganz Besonderes zwischen uns herrscht, werde ich dir einiges mitgeben, sodass du mindestens noch eine Woche lang, bei jeder Bewegung, die du machst, an mich denken wirst. Und ich ficke dich bei unserer nächsten Begegnung, sobald du freiwillig zu mir kommst."

Es gab kein nächstes Mal! Doch sie schluckte die bitteren Worte hinunter. Toms große starke Hand umfasste ihren Nacken und er kontrollierte sie mühelos. Das Leder klatschte auf ihren Po und dieses Mal gab es kein Aufwärmen. Während ihr Körper noch den Orgasmus verarbeitete, ihre Seele in einem eigenartigen watteartigen Zustand verweilte, knallte der Riemen auf ihren Hintern.

Scheiße! Der Schmerz brandete über sie wie eine Welle aus Glut und Lava. Nach drei Treffern dachte sie, dass ihr Po verbrannte. Iris versuchte, sich mit den Armen hochzustemmen, indes Tom ihre vergeblichen Bemühungen ignorierte, stattdessen schnaubte er höchst belustigt. Und sie hasste ihn abgrundtief und schrie es aus voller Kehle. Doch das brachte ihr nur schärfere Pein ein. Und irgendwie glaubte sie, dass sie die Bestrafung verdiente, weil sie ein unglaublicher Feigling war.

Obwohl sie die Züchtigung auf der Stelle durch das Safeword beenden könnte, tat sie es nicht. Sie erduldete, wenn auch nicht kampflos, die zehn Schläge mit dem Gürtel und danach die fünf mit seiner Hand, die ihr fast noch schlimmer erschienen. Und sie spürte, dass ihm die mit der Handfläche ausgeführten sehr viel Vergnügen bereiteten – im Gegensatz zu ihr. Ihr Po und die Rückseiten ihrer Oberschenkel brannten so heiß, dass sie sich kaum traute, sich aufzurichten, als er sie dazu aufforderte. Tränen tropften ihre Wangen hinunter und sie vermochte einfach nicht damit aufzuhören. Ganz im Gegenteil, umso stärker sie es versuchte, desto schlimmer wurde das Schluchzen.

„Farfalla", sagte er so unglaublich liebevoll. Sie hasste ihn und wusste gleichzeitig, dass es nicht der Wahrheit entsprach. Warum war das Schicksal so grausam zu ihr? Er umfasste sie an den Schultern und richtete sie auf. Sie wollte ihn nicht ansehen, denn er würde den Schmerz in ihren Augen richtig deuten, wissen, dass er nicht der physischen Pein geschuldet war, sondern weil sie ihn nicht haben konnte, wenn sie an ihrem bisherigen Leben festhielt. Iris ließ sich einfach nach vorn in seine Arme fallen und brach vollkommen zusammen. Tom hob sie von den Füßen und setzte sich gemeinsam mit ihr auf die Couch. Es war verrückt! Sie war verrückt! Wie konnte es sein, dass sie so eine verkorkste Persönlichkeit war? Eine feige noch dazu.

„Schhh", murmelte er, strich ihr über den Kopf und wiegte sie in seinen Armen. „Es wird sich alles fügen, Farfalla. Du kannst es nur nicht erkennen." Geduldig wartete er, bis sie sich beruhigte und der Tränenstrom endlich versiegte. Er reichte ihr eine der Tücherboxen, die wahrscheinlich genau aus diesem Grund überall herumstanden. Danach gab er ihr etwas zu trinken.

„John kümmert sich von nun an um dich, Iris, bis die Prüfung vorbei ist." Er stand auf und stellte sie auf die Füße. Mit ruhigen Bewegungen schlüpfte er in seine Kleidung, holte ihr anschließend den Morgenmantel und verknotete den Gürtel um ihre Taille. Dann nahm er sein Smartphone zur Hand, wischte über die Oberfläche und tippte auf das Display. Er hatte offensichtlich das Szenario vorbereitet. Mit einem Wort könnte sie es stoppen, ihn bei sich behalten. Doch sie verblieb stumm, selbst da es sie zerriss. Ein paar Minuten später betrat John das Arbeitszimmer und Tom küsste sie zum Abschied auf die Stirn. Wenige Sekunden später war er fort und alles, was ihr von ihm blieb, waren sein Duft und der Schmerz auf ihrem Körper, die sie an ihn erinnerten.

Iris starrte auf den Boden, versuchte sich in die Frau zurückzuverwandeln, die sie vor Kurzem gewesen war, und fühlte sich so einsam wie niemals zuvor. Sie zuckte zusammen, weil John plötzlich vor ihr aufragte. Er legte zwei Finger unter ihr Kinn und zwang sie, ihn anzusehen. Da stand sie im Arbeitszimmer eines Klienten, verheult, mit Striemen auf ihrem Po, einem Körper, der noch immer kribbelte von dem, was Tom mit ihr gemacht hatte.

„Du solltest duschen, Kleines. Ich mache uns in der Zwischenzeit eine Kleinigkeit zu essen."

„Ich muss nach Hause, brauche Kleidung zum Wechseln."

Eine Ecke, in die ich mich verkriechen kann.

„Nein", sagte er zwar sanft, aber dennoch nachdrücklich. „Du bleibst über Nacht im *Federzirkel* und wenn du morgen mit der Prüfung fertig bist, fahre ich dich nach Hause, falls du stabil genug bist. In dem Zustand lasse ich dich nicht allein."

Zur Hölle mit diesen verfluchten Dominanten!

Dann würde sie sich eben aus dem Gebäude schleichen. John lächelte sie ganz und gar humorlos an. „Ich habe deine Autoschlüssel, dein Portemonnaie und sogar dein

Telefon." Er streichelte ihr über die Wange. „Und ohne Schuhe …"

„Ihr habt das alles geplant."

„Manchmal muss man störrischen Ladys zu ihrem Glück verhelfen." John runzelte die Stirn. „Du zitterst. Ab unter die Dusche. Du findest mich in der Küche und zieh noch eines von Toms T-Shirts an, wenn du fertig bist."

Iris war schlichtweg zu aufgewühlt, erschöpft, zudem erschüttert, um John zu widersprechen. Obendrein umschwebte ihn eine Aura von Stärke, die ihr klar aufzeigte, dass er ihre Kooperation voraussetzte und sie auch durchsetzen würde, notfalls mit körperlichem Einsatz.

Während sie zu Toms Zimmer schlurfte, ignorierte sie ihren schmerzenden Leib, das Gefühl der Leere, das sie mit Klauen und Zähnen anfiel, und untersagte es sich zu weinen. Sie stellte das Wasser in der Dusche an, streifte sich den Morgenmantel von den Schultern und positionierte sich unter dem warmen Strahl. Am liebsten würde sie sich anschließend auf dem Bett zusammenrollen. Doch wahrscheinlich würde das nur John aktivieren. Außerdem musste sie ihre Aufgabe erledigen und umso schneller sie die Prüfung erledigte, desto schneller konnte sie zurück in ihr altes Leben. Tom würde ebenso in ihren Erinnerungen verblassen wie die Male auf ihrem Körper. Nachdem sie mit der Dusche fertig war, trat sie an den Kleiderschrank heran und zog eines seiner T-Shirts heraus. Es roch nicht nach Tom, sondern nach Weichspüler.

Sie warf dem Morgenmantel einen bösen Blick zu, ehe sie ihn anzog, als wäre der Stoff schuld an ihrer Misere. Sie sah lächerlich aus und ihr Anblick in der Spiegeltür des Kleiderschranks lockte ihr ein zaghaftes Lächeln auf das Gesicht. Wenn sie auf die andere Seite wechselte und die Klienten beriet, anstatt sie zu prüfen, könnte sie in diesem Aufzug von zu Hause aus arbeiten. Es würde niemanden stören und sie brauchte sich keine Gedanken um einen Boss zu machen oder um eine Partnerschaft.

Du könntest der Beziehung mit Tom eine Chance geben.

Ihr ganzes Leben umwerfen, nur wegen eines Kerls? Nein, das war viel zu riskant. Es gab noch genügend andere Männer und irgendwo musste doch einer sein, der auf sie denselben Effekt ausübte wie Tom. Wahrscheinlich war es nur seine Dominanz, die sie förmlich umwarf, und jeder Dominante würde diese eigenartigen Reaktionen in ihr hervorlocken. Sie drückte die Schultern durch und suchte die Küche auf. Wenn nur ihr Po nicht so schrecklich brennen würde! John rührte in einem Topf herum, als sie über die Türschwelle trat. Er bemerkte sie auf der Stelle. „Setz dich."

Es kostete sie viel, nicht zu winseln, sobald ihr armer Po die Sitzfläche berührte, da nutzten weder die Polsterung des Morgenmantels noch die des Stuhls etwas. John stellte zwei Teller mit Tomatensuppe auf den Tisch und setzte sich ihr gegenüber. Iris griff nach dem Wasserglas und leerte es in zwei Schlucken. Sie spürte Johns Aufmerksamkeit, obwohl er mit Essen beschäftigt war. Iris nahm sich eine Scheibe von dem Weißbrot und die fruchtige heiße Suppe half ihr, sich zu beruhigen.

„Du möchtest Tom nie wiedersehen?"

Sie erstarrte. Das war kein normales Essen, sondern John wollte sie befragen. „Ich kann mich nicht auf ihn einlassen. Eine derartige Beziehung passt nicht in mein Leben. Sollte mein Boss oder sonst irgendjemand von meinem unprofessionellen Vorgehen erfahren, bin ich geliefert, meine Karriere vorbei."

Sie spürte die silbrige Intensität seiner Augen und blickte hoch. „Du wirst nie wieder jemanden wie Tom kennenlernen, der dich von der ersten Sekunde dermaßen umwirft, so wie es Tom getan hat. Ich habe deine Reaktion gesehen und auch seine. Liebe auf den ersten Blick. Dein Herz wird brechen und das von Tom ebenso."

„Das ist doch Unsinn!"

„Wirklich?"

„Ja, das ist nur seine Dominanz, die mich überrascht hat. Wenn der Schmerz intensiv genug ist, kann mich jeder erfahrene Maestro in diesen Zustand bringen."

John glaubte ihr nicht, das sah sie ihm deutlich an.

„Da du an dieser Meinung festhältst, gibt es nur eine Möglichkeit, sie zu widerlegen. Wir beiden werden eine Session abhalten. Ich gebe dir eine Woche Zeit, darüber nachzudenken und den Zeitpunkt zu bestimmen. Andernfalls habe ich keinen Skrupel, dich in den *Federzirkel* zu entführen."

Ihr fiel beinahe der Löffel aus der Hand. „Du meinst das todernst?"

„Da kannst du deinen entzückenden Arsch drauf verwetten. Ich sehe nicht tatenlos zu, wie du dich und Tom ins Verderben stürzt. Du bist es ihm und vor allem dir selbst schuldig. Nur so wirst Gewissheit erlangen."

Sie würde sich nicht davonschleichen können. Zudem erschien es logisch, was er sagte. Eine Session mit John würde ihre Annahme bestätigen und dann konnte sie fröhlich ihres Weges gehen. John griff über den Tisch und nahm ihre Hand in seine.

„Unter meiner Fürsorge wird dein Körper erblühen, doch dein Herz, Cara, das wird dir klar aufzeigen, was es will."

Kapitel 6

Atemlos rannte Iris aus dem Bürogebäude. Sie konnte es nicht eine Sekunde länger darin ertragen. Tom hatte recht behalten. Jede verfluchte Minute in der letzten Woche hatte sie an ihn gedacht, das hatte er sichergestellt. Jedes Mal wenn sie sich bewegte, hinsetzte, sich an- oder auszog, erwachten die Striemen zu neuem Leben. Und ihre Nippel … die Bissmale …

Sie hasste es, einen BH anzuziehen. Heute lief das von John gestellte Ultimatum ab. Schnellen Schrittes steuerte sie ihren Wagen an, noch immer das ungläubige Gesicht von Bob vor Augen. Vier Wochen Urlaub hatte sie eingereicht und auch bekommen. Sollte er ihr doch kündigen! Sie kramte in ihrer Tasche nach ihrem Smartphone und ihr Herz drohte ihr aus der Brust zu springen, nachdem sie auf das Display getippt hatte.

„Iris", meldete sich John.

„Ich möchte auf dein Angebot, vielmehr deine Erpressung, zurückkommen." Sie hörte sein leises Lachen.

„Das freut mich, Kleines."

„Samstagnachmittag?"

„Dean holt dich gegen vierzehn Uhr ab. Bring Sachen zum Wechseln mit, du bleibst über Nacht bei uns. Ich freue mich auf dich, Iris." Dann unterbrach er die Verbindung, was auch gut war, weil sie sich sonst nach Tom erkundigt hätte.

Sie konnte selbst kaum glauben, dass sie es wirklich durchzog. Doch sie traute ihm zu, dass er eines Nachts in ihrem Schlafzimmer auftauchte und sie in den *Federzirkel* verschleppte, um ihr zu beweisen, dass er recht hatte. Heute war Montag. Sie lief zu dem Tattoostudio, bei dem sie in einer halben Stunde einen Termin hatte. Die Türglocke klingelte fröhlich und eine schlanke quirlige Frau begrüßte sie freundlich.

„Iris Lexington."

„Ich habe Sie schon erwartet. Eine Feder sollte es sein. Sie haben das Motiv mitgebracht?"

Iris reichte ihr die Klarsichtfolie mit dem Ausdruck. Es war nicht die gerade Feder, die Tom zierte, sondern diese war leicht gebogen und schien vom Wind davongetragen zu werden.

„Dann fangen wir am besten sofort an. Ich bin Julie."

Sie führte Iris nach nebenan und eine Stunde später betrachtete Iris fasziniert das Kunstwerk. Ein weiterer Schritt in ein neues Leben.

Tom hätte John am liebsten das Telefon aus der Hand gezerrt. John wackelte vergnügt mit den Augenbrauen und ließ ihn noch ein paar Sekunden schmoren, dabei war Tom längst durchgebraten. Die Woche ohne Iris war die Hölle gewesen. Er vermisste sie so sehr, dass es schmerzte. Und er verspürte eine tiefe Angst, dass sein Plan nicht aufging. Was, wenn sie sich in John verliebte?

„Zwing mich nicht, dir den Arsch zu versohlen, bist du mir verrätst, was sie gesagt hat."

„Samstag ist es so weit. Dean holt sie um vierzehn Uhr ab." John legte ihm die Hand auf die Schulter. „Keine Angst, sie wird die Nacht in deinem Bett verbringen und nicht in meinem."

Tom nahm einen tiefen Atemzug. „Wie ist es möglich, sich vom allerersten Moment an dermaßen heftig zu verlieben? Ich verstehe das nicht."

„Wer versteht schon die Liebe? Die Liebe ist außer Zweifel weiblichen Ursprungs. Hör auf, dich zu sorgen, Tom. Ich bin mir sicher, dass du ausreichend Gelegenheit bekommst, sie für jede höllische Sekunde, die du erleiden musstest, zu bestrafen, zu küssen und was dir sonst noch so in den Sinn kommt. Vertrau mir."

„Ja, Dad."

John boxte ihm fest auf den Oberarm und Tom rieb sich über die Stelle. Ja, das Biest verdiente seine gesamte Aufmerksamkeit und sie würde bekommen, was ihr zustand.

Dennoch wurde ihm übel, sobald er daran dachte, dass sie ihn zurückweisen könnte.

„John?"

Sein Freund sah ihm direkt in die Augen. „Spuck es schon aus."

„Hättest du sie wirklich entführt, wenn sie nicht angerufen hätte?"

Seine dunklen Augenbrauen bewegten sich einen Millimeter nach oben, doch ansonsten vermochte Tom nicht zu ergründen, was John dachte. „Was glaubst du denn?"

„Dass du sie nur erschrecken wolltest."

Johns Mundwinkel verzogen sich zu einem Lächeln, das sich in den grauen Augen widerspiegelte. „Ich tue stets, was nötig ist, Tom."

„Manchmal schockierst du sogar mich, John Sullivan." Tom brach in ein befreiendes Lachen aus. Iris! Sie gehörte ihm, auch wenn sie es nicht wahrhaben wollte. Jetzt musste er nur noch diese Woche rumbekommen und dann konnte er seinen Schmetterling endlich in den Armen halten. Doch John würde sicherstellen, dass ihr Weg kein leichter war. Für den Herzschmerz, den sie ihm zugefügt hatte, war das die richtige Strafe. John schlug ihm hart auf den Rücken, schnappte sich eine Kelle und widmete sich dem Fliesenspiegel im Badezimmer.

Tom warf seiner Armbanduhr einen bitterbösen Blick zu. Die Woche war ihm unglaublich lang vorgekommen und jetzt schien jede Sekunde eine Unendlichkeit zu dauern. Miles grinste ihn an. „Keine Sorge, Dean müsste jeden Moment bei Iris vor der Tür stehen. Sie wird sich nicht aus der Session mit John winden, dazu ist sie zu stolz. Wenn sie einmal einen Entschluss gefasst hat, zieht sie ihn durch."

Tom war dennoch der Angst ausgesetzt, dass ihr Plan nicht aufging und sie nach der Session John anhimmelte. Wer könnte es ihr auch verdenken? Miles legte ihm eine Hand auf die Schulter. „John weiß, was er tut. Deine Sorgen sind unbegründet."

„Ich weiß. Aber ich habe mich noch nie wegen einer Frau so gefühlt. Hilflos und ausgeliefert. Mein Herz macht einfach, was es will.“

„Irgendwann erwischt es jeden. Ich beneide dich, mein Freund.“

Sie setzten ihren Weg fort, um die Schäden zu begutachten, die der gestrige Sturm auf dem Grundstück des *Federzirkels* hinterlassen hatte. Das Gebäude selbst war unbeschadet, nur ein paar Dachziegel von der Garage hatten sich gelöst. Tom starrte in den tiefblauen Himmel. Nicht eine Wolke war zu sehen und die Luft war warm, klar und es roch nach Frühling. John wollte die Session mit Iris im Pavillon abhalten, der an einem kleinen See stand. Ein romantischer Ort mit den dazu passenden blühenden Kirschbäumen.

„Mist!“ Tom deutete Richtung der Mauer, die das parkähnliche Grundstück einrahmte. Ein Baum war auf sie gestürzt und hatte Teile von ihr zerstört.

Sie liefen näher, um den Schaden zu begutachten. „Sollen wir das heute noch reparieren?“

Miles schüttelte den Kopf. „Ist nicht damit zu rechnen, dass jemand unerlaubt unser Gelände betritt. Es reicht, wenn wir es Montag in Angriff nehmen.“ Hinter der Mauer lag ein Wald und der schmale Pfad, der an der Mauer entlanglief, lag abseits der Hauptwanderwege.

„Aus dem Kastanienbaum können wir Feuerholz für die Kamine machen.“ Vor seinem inneren Auge sah er sich mit Iris vor einem flackernden Feuer liegen, während er sie liebte.

„Du bist hoffnungslos romantisch, Tom Barber.“

„Romantik kombiniert mit dem heißen Popo einer Sub, ist eine verführerische Mischung.“

„Da kann ich dir nicht widersprechen.“

Lachend setzten sie ihren Weg fort. Zum Glück entdeckten sie keine weiteren Schäden.

Iris zuckte zusammen, weil der Türgong sie aus ihren Gedanken riss. *Willst du das wirklich durchziehen?* Vielleicht sollte sie aus der Hintertür flüchten, nach Spanien fliegen und dort den Rest ihres Urlaubs bleiben. Ein nervöses Kichern entschlüpfte ihr bei der Vorstellung, dass sie bei ihrer Rückkehr keine ruhige Minute mehr hätte, aus Angst, dass John Sullivan fürchterliche Rache an ihr nahm. Sie würde es ihm zutrauen, dass er am helllichten Tag in der Kanzlei auftauchte, behauptete, er sei ihr Verlobter, sie über seine Schulter warf und anschließend in den *Federzirkel* verschleppte.

Doch das war nicht der Grund, warum sie ihn angerufen hatte. Sie musste wissen, wie es mit ihrem Leben weitergehen sollte. Ob sie Tom wirklich so tief liebte, wie sie es befürchtete, oder es nur die Dominanz eines Maestros gewesen war, die ihre Welt nicht nur ins Wanken gebracht hatte, sondern wie der gestrige Sturm in ihr wütete, bis kein Stein auf dem anderen verblieb. Falls es Tom war und er sie noch wollte …

Ihr Kündigungsschreiben lag ausgedruckt auf dem Schreibtisch in ihrem Arbeitszimmer. Sie schnappte sich die auf dem Bett liegende Reisetasche, presste sie an sich und eilte zur Haustür. Iris nahm einen tiefen Atemzug, drückte die Klinke herunter und öffnete sie, nur um Dean Sullivan geradewegs in die grauen Augen zu starren, die sie belustigt anfunkelten. Er trug das dunkle Haar länger als sein Bruder. Gott, das war so peinlich. Dean holte sie zu einem BDSM-Sexdate ab.

„Iris. Du siehst bezaubernd, wenn auch ein wenig ängstlich aus.“ Ohne Vorwarnung umfasste er ihre Oberarme und küsste sie leicht mitten auf den Mund. Vielleicht sollte sie doch lieber zu den langweiligen Bürowallachen zurückkehren, anstatt sich mit diesen Hengsten einzulassen. „Darf ich?“ Er grinste sie an. „Deine Tasche?“

Iris riss sich aus der Starre und ließ das Gepäckstück los. Dean hängte sie sich um die Schulter und trat zurück. Kommentarlos entwand er ihr den Schlüssel aus den zittrigen Fingern und sperrte die Tür ab. Dann legte er ihr den freien Arm um die Schultern und führte sie zu dem dunkelroten PT-Cruiser, half ihr galant beim Einsteigen und schloss die Beifahrertür. Nachdem er ihre Tasche auf den Rücksitz geworfen hatte, nahm er neben ihr Platz, wartete, bis auch sie sich angeschnallt hatte, und fuhr los. Iris presste die Lippen aufeinander, um sich davon abzuhalten, ihn nach Tom auszufragen. Es fiel ihr unglaublich schwer. Wenn sie ehrlich war, hatte sie abwechselnd jede Sekunde an Tom und an die Session mit John gedacht. Sie war ein Nervenwrack! Sie, die kühle, distanzierte, logisch denkende Steuerprüferin war dabei, das Verrückteste zu tun, was sie jemals getan hatte! Ein herrliches Gefühl.

„Fährst du mich morgen nach Hause?"

„Wenn das dein Wunsch ist, kleine Sub." Er warf ihr einen kurzen Seitenblick zu, während sie aus der Frontscheibe starrte, als würden sie durch ein unbekanntes Land fahren.

„Du brauchst keine Angst zu haben, Iris. John ist sehr erfahren in der Handhabung von süßen Subs. Er weiß, was er tut."

„Gerade das versetzt mich in Panik", blubberte es aus ihrem Mund, bevor sie es stoppen konnte.

„Er wird dir nicht zu viel zumuten, du bekommst genau das, was auch immer nötig ist."

Ihr Magen verknotete sich, während ihr Herz beschloss, dass jetzt die Zeit gekommen war, einen Heavy-Metal-Song zu schmettern, in voller Lautstärke und mit einem vierfachen Scotch intus. Dean spürte offensichtlich, dass sie sich unmöglich auf eine Unterhaltung konzentrieren konnte, daher stellte er das Radio an und die melancholische Ballade legte sich wie Balsam auf ihre Seele.

Viel zu schnell erreichten sie den *Federzirkel*. Dean drückte auf einen Sender und das Tor öffnete sich vor ihnen. Oh Gott, das Höllentor ins Reich des Schmerzes. Langsam fuhr Dean die Einfahrt entlang und ihr entwich ein Keuchen, weil John vor der Tür auf sie wartete wie ein dunkler Höllenfürst mit der passenden Peitsche, die lässig über seiner Schulter hing. Iris überlegte ernsthaft, die Beifahrertür zu verriegeln, doch John riss diese bereits auf.

„Schiava“, sagte er weich, als er ihre Hand fasste und ihr aus dem Wagen half. Verflixt! Ihre Beine wiesen die Beschaffenheit eines Wackelpuddings auf. Sie fiel gegen ihn, gegen diesen von körperlicher Arbeit gestählten Körper.

„Du willst mich auspeitschen?“, flüsterte sie, bevor sie es zurückzuhalten vermochte.

John umfasste ihr Kinn. „Von diesem Augenblick an, bis zum Ende unserer Session, wirst du mich mit Maestro anreden.“ Sein Tonfall war sanft, dennoch fehlte ihm nicht eine dominante Färbung.

„Ja, Maestro“, sagte sie zu seinem schwarzen T-Shirt.

Er ließ sie los und trat von ihr zurück. „Sehr schön. Zieh dich aus und reiche Dean deine Sachen.“

„Hier?“

Sein Blick rammte in sie und die Finger seiner rechten Hand spielten mit dem Griff der Peitsche. Sie wünschte sich wirklich, sie könnte ihm standhalten, sich in die Steuerprüferin verwandeln, vor der jeder zitterte. Stattdessen bebte sie und die Entschuldigung sprudelte ihr mit der Geschwindigkeit einer geschüttelten Sektflasche über die Lippen.

Sie knöpfte ihre enge Bluse auf, schlüpfte aus ihr, während die Brüder sie zwar amüsiert beobachteten, aber auch verflucht überlegen. Dean nahm sie ihr ab. Die Sonne wärmte sie und ein leichter Wind streichelte ihre Haut. Iris streifte die flachen Sandalen von den Füßen und John trat an sie heran.

„Ich zieh dir den Rest aus, Kleines.“

Sekunden später stand sie nackt vor zwei fast fremden Männern und das machte sie unglaublich an, doch es fühlte sich anders an, als wenn Tom vor ihr stehen würde. Irgendetwas fehlte.

„Die Schuhe kannst du dir überstreifen.“ John hielt sie an den Schultern fest und die Wärme seiner Berührung beruhigte sie nicht, sondern steigerte ihre Aufregung. „Du brauchst keine Angst vor der Peitsche zu haben. Falls mir der Sinn danach stünde, könnte ich dir mit meiner Handfläche Schmerzen zufügen, die du nicht aushalten würdest."

Sie wollte Tom. Ob er hier war? Doch sie traute sich nicht, die Frage zu stellen. Iris sehnte sich so heftig nach ihm, dass es wehtat. John legte den Arm um sie und führte sie in den Garten. Zu einer anderen Zeit hätte sie seine wilde Schönheit bewundert. Allerdings blieb nichts in ihrem Verstand haften. Der dunkle Maestro brachte sie zu einem Pavillon, der an einem kleinen See lag. Die Kirschbäume standen in voller Blüte und die Blüten rieselten wie ein rosafarbener Traum zu Boden.

John sah ihr tief in die Augen. „Ich nehme mir all das, Iris, was ich für richtig erachte, um dich auf den Weg zu schubsen, der dich ans Ziel deiner Wünsche bringt. Und ich werde dich ficken. Möchtest du das Safeword sagen?"

„Nein, Maestro." Sie musste Gewissheit haben, sodass auch ihre analytische Seite zufrieden war.

„Dann lass uns anfangen." Er streichelte mit den Fingerkuppen über das Federtattoo, kommentierte es jedoch nicht. John löste ein paar Manschetten von seinem Gürtel. Sie waren breiter als die, die Tom bei ihr benutzt hatte. John legte sie ihr um. Anschließend packte er in ihr Haar und küsste sie dermaßen gründlich, dass ihr Schoß verlangend pochte. Ihr Herz allerdings blieb davon unberührt. John beendete den Kuss. „Mal sehen, ob ich an deine versteckten Primzahlen herankomme, Schiava."

Ein beinahe hysterisches Lachen blubberte über ihre Lippen. Fest klatschte seine Handfläche auf ihren Po, sodass sie teils vor Vergnügen, teils vor erregender Angst schrie. John zerrte sie in den Pavillon.

„Du kleines aufmüpfiges Luder." Er fasste zwischen ihre Schenkel und stahl ihr ein lustvolles Stöhnen. „Muss ich dich knebeln? Ich will keinen Ton von dir hören." Das klatschende Geräusch eines weiteren Schlages durchbrach die Stille und brandete über ihre Haut. „Tom hat mir freie Hand eingeräumt. Dein Ungehorsam gipfelt in aufsässiger Sturheit." Er beugte sich zu ihr herab, flüsterte an ihrem Ohr: „Dein Leugnen findet heute ein Ende." John starrte auf einmal an ihr vorbei, in Richtung des hohen Gartenbambus, und sein Körper versteifte sich kaum merklich. Sie wollte ihn gerade fragen, ob alles in Ordnung sei, da zog er sie dichter an sich und sie hörte auf zu denken, während John sie erregte, peitschte, fickte und leckte. Die Session war wie ein wunderschöner Rausch, doch etwas überaus Wichtiges fehlte: Die Liebe zu einem Partner, die Verbundenheit, die sie von der ersten Sekunde an bei Tom gefühlt hatte. Einige Zeit später hielt John sie in den Armen und sah ihr in die Augen, sobald er spürte, dass sie aufnahmefähig war. „Die Session ist vorbei, Iris. War es mit mir genauso wie mit Tom?“

„Nein, John. Es war befriedigend, schmerz- und lustvoll. Ich habe mich bei dir sehr wohlgefühlt und auch sicher. Doch bei Tom war es schöner, intensiver, weil ich ihn liebe.“ Einfach so sagte sie die Worte, die ihr mit Leichtigkeit über die Lippen kamen. John setzte sich mit ihr auf die Bank und wiegte sie in seinen Armen. „Tom ist auf dem Weg. Er müsste jede Sekunde hier eintreffen.“

Ein pures Glücksgefühl flutete ihren Körper, durch ihre Sinne, so stark, dass sie beinahe in Tränen ausgebrochen wäre.

„Farfalla.“ Toms Stimme war das Schönste, das sie jemals gehört hatte.

Tom lief in den Pavillon und sein Herz machte einen Satz, sobald er Iris in die Augen sah. Sie versuchte nicht zu verbergen, was sie fühlte, aber vielleicht war es auch auf die intensive Session mit John zurückzuführen. Sie strahlte ihn an, sprang beinahe aus Johns Armen und warf sich in seine. Tom presste ihren nackten Körper dicht an sich, während sein Blick sich mit dem von John kreuzte. Sein Freund lächelte breit, denn die Mission *Iris* war ein voller Erfolg gewesen. John schlüpfte in sein T-Shirt und die Jeans.

„Wo ist Miles? Er hat vorhin einen weiblichen Eindringling auf dem Grundstück bemerkt. Sie ist offensichtlich über die eingestürzte Mauer geklettert.“

John nickte. „Sie ist mir aufgefallen. Ehe ich sie hinter dem Bambus hervorzerren konnte, hat Miles mir zu verstehen gegeben, dass er sich an ihre Fersen heftet. Das unverschämte Biest wird eine unangenehme Überraschung erleben. Ich spüre ihren üppigen Arsch bereits unter meiner Handfläche."

John war zwar angepisst über die Frechheit der Kleinen, allerdings schien sie vor allem seinen Jagdinstinkt zu wecken. John trat an Iris heran, küsste sie zart auf die Wange und drückte Toms Schulter. „Wir sehen uns später."

Tom war allein mit der Frau, die ihm unter die Haut ging wie keine zuvor. Er schob Iris auf Armeslänge von sich, betrachtete ihren perfekten Körper mit den Rundungen und Vertiefungen, doch erst ihr inneres Leuchten brachte das Äußere wahrlich zum Erstrahlen. Dieses Leuchten hatte er als Dom bei manchen Pärchen beobachtet, die durch wahre Liebe verbunden waren. Innere Zufriedenheit rückte jede Sub ins rechte Licht.

„Und, Mrs Unantastbar, wofür entscheidest du dich?"

„Für dich, Maestro. Für ein Leben mit Liebe, Vertrautheit, Glück und …" Ihre Wangen färbten sich in ein bezauberndes Rot. „… einen glühenden Arsch." Sie nahm seine Hand in ihre und führte sie zu ihrem Mund und küsste ihn auf die Knöchel.

Erst jetzt fiel die Anspannung von ihm, die Angst, dass er sie verlieren könnte, noch ehe er sie richtig besessen hatte. Ihm war beinahe schwindelig vor Glück.

„Ich möchte es nicht langsam angehen lassen, Tom. Ich will mit dir zusammenziehen und alles nachholen, auf was ich verzichtet habe. Mit dir. Das ist vielleicht verrückt." Sie sah ihn ängstlich an. „Falls du das auch möchtest, als Maestro und Tom."

„Es wäre mir eine Freude." Er konnte kaum glauben, dass sie diesen Wunsch äußerte, weil er dasselbe gehofft hatte.

Tom hob sie hoch und sie legte vertrauensvoll die Arme um seinen Hals, schmiegte sich an ihn. Er lief mit ihr aus dem Pavillon, hinüber zum Holzsteg, der zu dem See führte. Das Wasser war kalt, genau richtig. Iris ahnte nicht, was er vorhatte. Kleine vertrauensselige Sub. Doch er hatte so gelitten in den letzten Tagen, dass sie eine Strafe verdiente, die ihr keinen Spaß machte.

„Ich stimme dir zu, Iris. Mein Haus ist perfekt geeignet für uns beide. Ehe ich dir erlaube, mir zu demonstrieren, wie leid es dir tut, dass du dermaßen stur warst, brauchst du eine Abkühlung."

Und er warf das heiße Bündel in den See. Iris kreischte, ehe sie im Wasser verschwand, und als sie wieder auftauchte, versuchte sie ihn umzubringen, mit diesem blauen Blick. Doch alles, was sie damit erreichte war, dass er sie noch mehr wollte, als er es ohnehin tat. Vorsorglich hatte er heute Morgen Decken und Handtücher auf dem Steg deponiert. Im Pavillon stand ein Picknickkorb, gefüllt mit Leckereien.

„Du bist so ein Arsch, Tom Barber."

„Komm aus dem Wasser, Farfalla."

Iris erbleichte und Tom gratulierte sich innerlich zu diesem perfekten Tonfall, der jede Schiava in ihre Schranken wies. Auch Iris stellte keine Ausnahme dar. Mit zwei Zügen erreichte sie die Leiter und kletterte an ihr hoch. Tom wickelte sie in ein Handtuch und reichte ihr ein kleineres für ihre Haare. Vorsichtshalber führte er sie vom Rand fort, denn sie sah so aus, als würde sie alles opfern, um ihn ebenso in die kalten Fluten zu werfen. Er rubbelte sie trocken, sparte dabei die drei Striemen aus, die John ihr mit der kurzen Peitsche zugefügt hatte. Er breitete eine Decke auf dem Steg aus, faltete eine zweite zu einem Kissen zusammen. Tom packte Iris und ehe sie wusste, wie ihr geschah, lag sie unter ihm auf der Decke, mit dem Kopf auf dem provisorischen Kissen.

Mit einer fließenden Bewegung zog er sich das Shirt aus. Ihre Haut war ein kalter Schock, als er sie an sich presste. Er legte eine Hand auf ihre Stirn und sah ihr intensiv in die Augen. In diesem Blau könnte er sich verlieren. Er beugte sich tiefer zu ihr herab, bis seine Lippen ihre berührten. Sie öffnete den Mund und ihre Zungen fanden sich zu einem wilden Duell. Er musste sie haben. Viel zu lange hatte er gewartet. Ihre Weichheit schmiegte sich an ihn und seine Jeans musste weichen. Sofort! Er löste sich von ihr und stand auf.

„Du rührst dich nicht von der Stelle, Farfalla."

Wie heiß sie aussah! Und der absolut gierige Blick, vermischt mit Liebe, erhöhte seinen Puls. Dieser störrische Stoff! Es dauerte gefühlte Ewigkeiten, bis er sich endlich daraus befreit hatte. Mit einem triumphierenden Tritt beförderte er die Hose auf den Steg.

„Spreiz deine Beine."

Sie gehorchte, ohne zu zögern. Er sah ihr erst ins Gesicht, ließ seinen Blick über ihren bebenden Bauch wandern und verweilte anschließend auf ihrer Pussy. „Wie oft hat John dich kommen lassen?"

„Zwei Mal, Maestro."

„Du wirst für mich ein drittes Mal kommen, Farfalla. Außerdem schuldest du mir eine Bitte."

Sie kniete sich hin, die Schenkel gespreizt, senkte zuerst den Kopf. Doch Iris wusste, dass er ihre Augen sehen wollte. Sie traf seinen Blick.

„Bitte fick mich, Maestro", sagte sie ganz und gar nicht devot, mit einem ganz und gar gierigen Ausdruck in den Iriden. Sie lächelte ihn dermaßen zuckersüß an, dass er innerlich zerschmolz.

Tom legte sich neben Iris und zog sie in seine Arme. Sie schmiegte sich wie ein seidiges Tuch an ihn und er umfasste ihren Po. Sie keuchte, als er die Peitschenmale berührte. Sein Schwanz pochte noch verlangender. Zunächst begnügte er sich damit, sie erneut zu küssen, bis sie beide atemlos auf der Decke lagen. Er schlüpfte mit der Hand zwischen ihre Schenkel und fand sie nass vor – sehr nass. Sanft rieb er ihre Klitoris, massierte sie in kreisenden Bewegungen. Aber auch Iris spürte offensichtlich den Drang ihn zu berühren, denn sie umfasste seine Härte und streichelte ihn, führte ihre Hand auf und ab, bis er drohte, die Beherrschung zu verlieren.

„Knie dich hin, Farfalla. Streck mir diesen wunderbaren Arsch entgegen.“ Sein Herz schlug viel zu schnell und das Blut rauschte durch seine Adern. Die Gefühle ihr gegenüber überwältigten ihn, doch jetzt verspürte er keine Angst mehr vor diesem Zustand, stattdessen war es eine berauschende Zutat.

Sie drehte sich auf den Bauch, wackelte höchst frech mit dem Po und kniete sich hin. Um ihn stärker visuell zu reizen, streckte sie die Arme vor sich aus, um sich tiefer herabzubeugen, bot sich ihm schamlos dar. Diese Rundungen! Er konnte der verführerischen Zartheit ihres weiblichen Körpers nicht eine Sekunde länger widerstehen. Tom kniete sich hinter sie und packte sie an den Hüften. „Ich dringe langsam ein, gebe dir Zeit, dich an die Fülle zu gewöhnen.“

Als Antwort bewegte sie das Becken.

Tom umfasste seinen Schwanz und führte ihn an ihre Pussy. Zuerst benetzte er die Eichel mit ihren Säften und führt seine Härte in ihre Hitze ein. Er schloss die Augen, sodass er sich ganz auf den Gefühlssinn konzentrierte. Feuchte Wärme umschloss ihn und er spürte, dass sie erschauderte, sich ihm entgegendrängen wollte. „Halt still, sonst muss ich dich bestrafen.“ Seine Stimme verlor an Schärfe und er hörte sich genauso gierig an, wie er sich fühlte. Iris lachte äußerst hemmungslos, doch sie verharrte. Millimeterweise eroberte sein Schwanz ihr Geschlecht. Iris keuchte, als er sich ganz in ihr versenkt hatte.

„Maestro. Ich kann mit Recht behaupten, dass ich niemals etwas Vergleichbares in mir hatte. Du bist … ohhh!“

Er bewegte sich bedächtig vor und zurück, während er mit einer Hand ihren Lustpunkt stimulierte. Dann umfasste er ihre Kehle, zwang sie in eine aufrechte Haltung. Ihr Puls trommelte gegen seine Finger, ein Spiegel seines Zustandes. Mit dem anderen Arm umschlang er ihre Taille, begnügte sich zunächst damit, ihre Brüste zu massieren und ihre Nippel so unerbittlich zu zupfen, dass sie zügellos stöhnte. Tom rutschte tiefer mit seiner Hand und er trieb sie zum Orgasmus, hätte beinahe die Kontrolle über sich selbst verloren, sobald ihre inneren Muskeln um seine Härte pulsierten, ihr Kitzler unter seinen Fingern zuckte. Nachdem die Wellen abgeebbt waren, griff er ihr Haar, drehte ihren Kopf zu sich und küsste sie. Sie schmeckte so süß! Und er konnte es nicht länger aushalten. Tom legte eine Handfläche zwischen ihre Schulterblätter und presste sie nach unten. Er packte ihre Hüften, bewegte sich schneller, während das Pulsieren, ausgehend von seinen Hoden, sich auf seinen ganzen Körper ausbreitete. Er hatte das Gefühl zu schweben, zu sprinten, unterdessen ein so reines Glücksgefühl durch sein Herz und seine Adern strömte, dass Tränen hinter seinen Lidern brannten.

Er liebte Iris mit einer Intensität, die ihm den Atem raubte. Tom beugte sich über sie, küsste sie an jeder Stelle, an die er herankam. Dann bäumte sich sein Oberkörper wie von selbst auf und der Orgasmus packte ihn mit einer Stärke, die ihn schreien ließ, bis das Verlangen, der Rausch nachließen. Der Höhepunkt befriedigte nicht nur jede Zelle seines Körpers, sondern auch seine Seele, seine Psyche und am allermeisten sein Herz. Vorsichtig zog er sich aus Iris zurück, die ermattet auf die Decke plumpste, sich zu ihm umdrehte und ihn so sexy anlächelte, dass es ihm den Rest gab. Tom zog sie in seine Arme und hielt sie, bis ihre Herzen ruhiger klopften.

„Ich liebe dich, Iris Lexington. Meine kleine Mrs Renitent."

Sie schluckte so hart, dass er es sah. „Diese Worte habe ich noch zu keinem Mann gesagt: Ich liebe dich, Tom Barber."

Ende

Linda Mignani, Jahrgang 1965, geboren in Kirkcaldy (Schottland), lebt glücklich verheiratet mit ihrem Mann italienischer Herkunft im Ruhrgebiet. Den britischen Pass ziert ein grauenvolles biometrisches Passfoto. Inspiration holt sie sich beim Malen ihrer Acrylbilder. Sie liebt Regen und stürmisches Wetter, besitzt nur eine Handtasche aber unzählige Turnschuhe. Neben Büchern zählen Wandern, Joggen und Rad fahren zu ihren Leidenschaften. Damenschneiderin und Industriekauffrau sind die Berufe, die sie erlernte. Ihr Motto: Das Leben ist zu kurz, um sich zu ernst zu nehmen.

Linda Mignani im Netz:

Website: lmignani.blogspot.com
Facebook: Linda Mignani

Fanpage:

Facebook: Fans des Federzirkels

Weitere Romane von Linda Mignani:

Verführung und Bestrafung – Federzirkel 01
Zähmung und Hingabe – Federzirkel 02
Vertrauen und Unterwerfung – Federzirkel 03
Feuerperlen – Federzirkel 04
Feuertango – Federzirkel 05
Kriegsbeute
Mitternachtsspuren – Mitternachts-Reihe 01
Mitternachtserwachen – Mitternachts-Reihe 02
Touch of Pain – Die Insel 01
Touch of Pleasure – Die Insel 02
Blood Dragon 02 – Drachenschwingen *(Sommer 2014; Fortsetzung von Kira Maedas Roman „Blood Dragon: Drachennacht“)*
Touch of Trust – Die Insel 03 *(Herbst 2014)*